ein Ullstein Buch

Vom selben Autor
in der Reihe der
Ullstein Bücher

Schrot und Horn (1310)
April, April (1528)
Fahr langsam übers
Massengrab (1633)
Späte Mädchen sterben
früher (1649)
Neun im Fadenkreuz (1659)
Attentat auf eine Leiche (1668)
Polizisten leben gefährlich (1685)
Alles für Geld (1698)
Nackt ist die beste Maske (1710)
Die Blutschwestern (1777)

Ullstein Buch Nr. 1806
im Verlag Ullstein GmbH,
Frankfurt/M – Berlin – Wien
Titel der amerikanischen
Originalausgabe:
So Long as You Both Shall Live
Übersetzt von Helmut Bittner

Erstmals in deutscher Sprache

im Verlag Ullstein GmbH,
Frankfurt/M – Berlin – Wien

Printed in Germany 1977
Gesamtherstellung:
Ebner, Ulm
ISBN 3 548 01806 8

CIP-Kurztitelaufnahme
der Deutschen Bibliothek

Hunter, Evan
Solang ihr zwei noch lebt: Kriminalroman
mit d. 87. Polizeirevier / Ed McBain. –
Frankfurt/M, Berlin, Wien: Ullstein, 1977.
(Ullstein-Bücher; Nr. 1806:
Ullstein-Krimi) Einheitssacht.:
So long as you both shall live <dt.>
ISBN 3-548-01806-8

VW: MacBain, Ed (Pseud.) →
Hunter, Evan

Ed McBain

Solang ihr zwei noch lebt

Kriminalroman
mit dem 87. Polizeirevier

ein Ullstein Buch

Für
Jack Scovil

Die hier geschilderte Stadt existiert nicht; Personen und Schauplätze sind frei erfunden. Nur Arbeit und Untersuchungsmethoden der Polizei sind wirklichkeitsgetreu dargestellt.

1

Der Fotograf hieß Alexander Pike. Er arbeitete heute ohne Honorar, denn er war mit Augusta Blair seit langem befreundet, und heute war Augustas Hochzeitstag. Außerdem war es auch Bart Klings Hochzeit, aber Pike hatte Kling erst um vier Uhr an diesem Nachmittag kennengelernt, ganz kurz vor der Trauung, und obwohl er dem Bräutigam alles Gute und viel Glück wünschte, gehörte seine Zuneigung nur Augusta.

Pike hatte noch nie in seinem Leben so viele Polizisten auf einmal gesehen.

Der Bräutigam war natürlich Polizist, ein hochgewachsener, blonder Kerl, der von all dem, was um ihn herum geschah, ziemlich verwirrt schien. Damit war erklärt, warum so viele Polizisten unterschiedlichster Dienstgrade und Arbeitsgebiete bei der Hochzeitszeremonie und nun beim Empfang zugegen waren. Alle trugen Zivil. Aber Pike hätte in ihnen Polizeibeamte erkannt, selbst wenn sie alle nackt zur Hochzeit gekommen wären. Er hatte einmal eine fotografische Dokumentation über die Arbeit der Polizei angefertigt und dabei die Polizisten sehr gut kennengelernt. Im allgemeinen mochte er Polizisten gern, selbst wenn einer von ihnen um vier Uhr an diesem Nachmittag Augusta Blair geheiratet hatte, die Pike seit nunmehr dreieinhalb Jahren mit unverminderter Leidenschaft liebte.

Er hatte Augusta kennengelernt, kurz nachdem sie aus Seattle, Washington, in diese Stadt gekommen war. Damals hatte er an einer Cocktailparty im Quarter teilgenommen, als sich plötzlich die Tür öffnete und alle Gespräche verstummten. Die Frau, die unter dem Türrahmen stand, war hochgewachsen und schlank. Das kastanienrote Haar fiel ihr in losen Wellen bis auf die Schultern. Sie hatte hochangesetzte Wangenknochen, und ihre Augen waren von einem so strahlenden Grün, daß sie beinahe wild wirkten. Die Nase bog sich über dem Mund ein klein wenig nach oben, wodurch die Oberlippe etwas in die Höhe gezogen erschien. Deshalb waren ihre ebenmäßigen weißen Zähne stets ein wenig entblößt. Sie hatte einen wohlgeformten Busen und lange Beine, ihre Hüften hingegen wirkten für ein Mannequin fast ein wenig zu füllig. Sie ging direkt auf eine

Gruppe von Leuten zu, die sie kannte. Pike folgte ihr durch das ganze Zimmer, stellte sich ihr vor und führte sie dann hinüber, um sie mit Art Cutler bekanntzumachen, der zusammen mit seiner Frau Leslie eine Modellagentur unterhielt. Das war der Beginn von Augustas Karriere gewesen und zugleich der ihrer langen Freundschaft.

Pike war jetzt 64 Jahre alt, glücklich verheiratet und Vater von drei Söhnen, da hätte seine Liebe zu Augusta eigentlich nur väterlich sein dürfen. Und dennoch hatte er um vier Uhr an diesem Nachmittag ein leises Gefühl der Eifersucht nicht unterdrücken können, als der Priester fragte: »Wollen Sie, Augusta Blair, diesen Mann zu Ihrem gesetzlich angetrauten Ehemann nehmen?« Danach war die übliche Ansprache über Liebe, Treue, gegenseitige Verehrung in gesunden und kranken Tagen gefolgt, das übrige Gerede von Wachsen, Blühen und Gedeihen, untermischt mit ein paar guten Ratschlägen, das mit den Worten endete: »Solange ihr beide leben werdet?« – und, verdammt noch mal, Augusta hatte tatsächlich mit einem klaren »Das will ich« geantwortet.

Na ja . . .

Der Hochzeitsempfang fand in einem Hotel im Zentrum statt, und zwar im sogenannten Grünen Zimmer. Pike hätte sich für seine Schwarzweiß-Fotos einen besseren Hintergrund gewünscht, denn das Grün wirkte ein wenig verschwommen. Hingegen fehlte es ihm nicht an einer Vielzahl von Objekten. Denn an dem Empfang nahmen außer seiner geliebten Augusta und ihrem gutaussehenden (das mußte man ihm zugestehen) frischgebackenen Ehemann Modelle in großer Anzahl teil. Augustas Freundinnen und Freunde entstammten weitgehend ihrem eigenen Berufskreis, genauso wie Barts Freunde eben bei der Polizei waren. Außer Pike waren (natürlich) noch einige andere Fotografen anwesend. Sie alle hatten ihre Nikons um den Hals gehängt, und sie alle machten Bilder, aber keiner von ihnen war hier als der offizielle Fotograf eingeladen. Augusta hatte Pike darum gebeten, die offiziellen Bilder zu machen, wofür sie ihm natürlich Bezahlung angeboten hatte. Selbstverständlich war er freudig auf diesen Auftrag eingegangen, aber eine Bezahlung lehnte er rundweg ab.

Er wußte nicht mehr, wie viele Filmrollen er während der Hochzeitszeremonie belichtet hatte. Ihm war nur noch in Erinnerung, daß seine Kamera alle paar Sekunden geklickt hatte, wobei jedesmal das Blitzlicht aufflammte. Auf den meisten Fotos stand Augusta im Mittelpunkt, was nur zu verständlich war. Er hatte auch Bilder von Budd (oder wie er sonst hieß) vor dem Altar gemacht, als er dort mit einem anderen Polizisten als Trauzeuge stand. Die beiden Männer hatten den Kirchengang entlanggeblickt, als erwarteten sie in jedem Augenblick einen Einbrecher. Und dann hatte Pike ganze Serien von Fotos geschossen, während Augusta am Arm ihres Vaters den langen Weg durch den Mittelgang von der Tür zum Altar zurücklegte. Pike hatte fast jeden ihrer Schritte auf dem Film festgehalten. Augusta strahlte beinahe ekstatisch, während ihr Vater wie der Direktor einer Papierfabrik aussah (was er wirklich war). Man merkte ihm an, daß er den feierlichen dunklen Anzug zum zweitenmal in seinem Leben trug. Das erstemal war es bei seiner eigenen Hochzeit gewesen. Pike hatte ein paar feine Schnappschüsse von den Gästen gemacht, die zu beiden Seiten des Mittelganges in den Bänken saßen, obendrein war es ihm gelungen, den erwartungsvollen Ausdruck auf dem Gesicht des Priesters einzufangen. Während der kurzen Zeremonie hatte er immer wieder auf den Auslöser gedrückt und das Blitzlicht aufflammen lassen. Später hatte er Augusta und Boyd beim Aussteigen aus der Limousine und auf der Freitreppe des Hotels aufgenommen, und danach waren ihm ein paar großartige Schnappschüsse von der Reihe der zum Empfang aufgestellten Gäste geglückt, desgleichen ein paar hervorragende Bilder vor und während des Essens. Pike bummelte jetzt durch den Salon, um hier und dort noch ein paar Gästegruppen abzulichten.

Auf dem Empfang wimmelte es geradezu von blendend schönen Frauen, die genau wie Augusta daran gewöhnt waren, fotografiert zu werden. Sie kannten ihre eigenen Gesichter und Gestalten von den Abbildungen in vielen weitverbreiteten Magazinen und selbst auf dem Bildschirm genau, und eine der Frauen hatte sogar schon einmal in einem Film mitgewirkt. Sie alle wußten mit unbeirrbarer Sicherheit, wann sie den Kopf in den Nacken werfen, ein breites Lächeln zeigen oder schwingend ausschreiten mußten, daß die Röcke flogen. Stets im richtigen Augenblick machten sie eine Geste mit der Hand oder hoben die Augenbrauen. In der Sekunde, bevor Pike auf den Auslöser drückte, war die Pose perfekt. Selbst wenn eine Frau gerade eine Olive in den Mund gesteckt hatte, unmittelbar bevor Pike die Kamera ans Auge hob, wußte sie genau, was sie zu tun hatte. Ehe noch der Verschluß klickte und das Blitzlicht flammte, hatte sie die Olive ganz hinuntergeschluckt, das Kinn ein wenig angehoben, den Kopf über die Schulter gedreht, um sich Pike von ihrer Schokoladenseite zu zeigen und ihm aufreizend und verführerisch in die Linse zu lächeln.

Der Fotograf schlenderte jetzt quer durch den Salon zur Bar, ließ sich von dem Kellner einen Bourbon on the Rocks geben und trank schweigsam vor sich hin, während er auf die Gespräche ringsum lauschte. Alle redeten von ihrer Arbeit. Verbrechen und Mode – eine großartige Kombination für einen grauverhangenen Sonntag im November, dem Hochzeitstag der einzigen Tochter. Meiner einzigen was? dachte Pike lächelnd, und hob sein Glas wie zu einem stummen Toast.

»Es handelte sich um ein medizinisches Werbefoto, verstehen Sie«, sagte eine schöne Brünette neben ihm zu einem untersetzten, rothaarigen Polizisten mit einem auffallenden weißen Streifen im Haar oberhalb seiner linken Schläfe. »Um drei Uhr kam ich im Studio an und der Fotograf ließ mich ein. Er erklärte mir, daß es sich um eine Anzeige über Krebs und die damit verbundene Mahnung an die Frauen handelte, rechtzeitig zur Vorsorgeuntersuchung zu gehen. Dann fragte er, ob ich wisse, daß es sich um eine Nacktaufnahme handeln sollte. Ich sagte: ›Was meinen Sie mit nackt, was soll das heißen?‹ Er sagte, die Agentur müsse mich doch wohl informiert haben. Es war beabsichtigt, das Modell nackt zu fotografieren und dann die Inschrift quer über den Körper zu setzen. Aber natürlich würde man danach immer noch sehen, daß die aufgenommene Frau nackt war. Da sagte ich, daß ich mich niemals nackt fotografieren ließe. Eher würde ich mit einer Schrotflinte auf mich schießen lassen als einen Schnappschuß ohne alles hinnehmen. Da meinte er: ›Okay, damit ist der Fall wohl erledigt.‹ Wir schüttelten einander die Hände, und ich ging im Schein der untergehenden Sonne nach Hause.«

Der Mann, den Boyd sich zum Trauzeugen erwählt hatte, war ein

Detective von italienischer Abstammung, dessen Gesicht Pike interessant fand. Er beobachtete ihn, wie er jetzt mit einer Frau Wange an Wange tanzte, mit der er vermutlich verheiratet war. Der Mann hatte braunes Haar und ebensolche Augen, obwohl die Augen viel dunkler waren als die Haare. Die Augen waren ein wenig schräg und gaben ihm, zusammen mit den hohen Wangenknochen, das Aussehen eines fröhlichen Orientalen. Er war sehr groß und bewegte sich mit der lässigen Grazie eines Athleten. Er drückte seine Frau fest an sich, während er auf Pike zutanzte, der immer noch an der Bar stand. Die Frau war außergewöhnlich schön. Schwarzes Haar und so dunkle Augen, daß auch sie schwarz wirkten. Sie trug ein schulterfreies Abendkleid. Als das Paar näher herankam, erblickte Pike zu seiner Überraschung, daß auf die rechte Schulter der Frau ein kleiner, wie Spitzenfiligran wirkender Schmetterling eintätowiert war. Der Mann wendete sich ihm zu und lächelte flüchtig. Pike nickte lächelnd zurück und machte ein Foto, während sie weitertanzten zu den Klängen von »Always«, einem Walzer, den Pike von Herzen verabscheute, der aber nichtsdestoweniger auf jeder Hochzeit gespielt wurde, an der er teilnahm, und das angesichts einer Statistik, die mindestens einem aus drei jungverheirateten Paaren die baldige Scheidung voraussagte.

». . . hatte ich noch nie in meinem Leben gesehen. Das kannst du wohl bestätigen, Hal. Hast du jemals in deinem Leben soviel Blut gesehen?«

»Da war wirklich eine Menge Blut, Miss.«

»Sie dürfen mich Annie nennen.«

»In dem Augenblick, als wir das Blut im Korridor sahen, zogen wir unsere Revolver und schlichen auf Zehenspitzen in die Wohnung – habe ich recht, Hal?«

»Ich schleiche immer auf Zehenspitzen hinein. Denn ich bin der größte Feigling der Welt.«

»Glauben Sie ihm nicht, er ist schon dreimal wegen tapferen Verhaltens ausgezeichnet worden.«

»Wer, ich?«

»Jedenfalls, wir gingen hinein, Miss . . .«

»Sie dürfen mich Annie nennen.«

»Wir gehen also hinein, Annie, und stellen Sie sich vor, was wir vorfanden?«

»Da war niemand drin.«

»Stimmt genau. Woher haben Sie das gewußt? Wieso weiß sie das, Hal?«

»Das weiß ich nicht, Bob. Vielleicht ist ihr Vater bei der Polizei. Ist Ihr Vater bei der Polizei, Annie?«

»Mein Vater ist Fotograf. Deshalb bin ich in dieses lausige Geschäft geraten.«

Pike nahm einen Schluck aus seinem Glas und schaute zur anderen Seite des Salons, wo ein weiterer Detective, der zu den Brautführern gehört hatte, mit seiner Frau tanzte. Pike nahm automatisch an, daß alle Paare jenseits des Alters von 25 Jahren Mann und Frau sein mußten. Das Paar kam auf die Bar zu. Der Mann war mindestens so groß wie der italienische Polizist, der Trauzeuge gewesen war. Jedoch wirkte er etwas untersetzter und vielleicht auch älter, falls er seinen Kahlkopf nicht vorzeitig bekommen hatte. Vorzeitig oder nicht, es war jedenfalls der kahlste Schädel, den Pike jemals in seinem Leben gesehen hatte. Auf seiner schimmernden Platte war nicht das kleinste Härchen zu erkennen. Dieser Mann rasierte sich also den Schädel nicht, um die gegenwärtige Mode mitzumachen. Er war von Natur aus kahl wie eine Billardkugel. Er tanzte mit der ganzen Grazie eines vor den Karren gespannten Ochsen, wobei er seine Frau in einer Mischung von Foxtrott bis Volkstanz über das Parkett schleifte, obwohl die Kapelle immer noch einen Walzer spielte. Pike hob seine Kamera und machte ein paar weitere Bilder.

»Bekommen Sie hier gute Fotos, Mr. Pike?« fragte der Mann rechts von ihm. Er war untersetzt, hatte eine etwas eingeschlagene Nase, eisengraues Haar und stahlblaue Augen. Pike schätzte ihn auf Ende Fünfzig oder Anfang Sechzig. »Ich bin Peter Byrnes«, fuhr der Mann fort. »Wir wurden uns vorhin vorgestellt, vor der Trauung.«

»Oh, gewiß«, erwiderte Pike und streckte die Hand aus. »Tut mir leid, aber ich bin heute so vielen Leuten vorgestellt worden . . .«

»Schon in Ordnung«, sagte Byrnes.

»Sie sind der Lieutenant, also der Chef der Abteilung, nicht wahr?«

»Stimmt.«

»Ja, ich erinnere mich jetzt.« Pike hob sein Glas. »Trinken wir auf das glückliche Paar«, sagte er.

Byrnes hob sein Glas. »Auf das Wohl der beiden.«

Die beiden Männer tranken. Byrnes setzte sein Glas auf die Bar. Pike stellte seins daneben.

»Ich hätte nie geglaubt, daß wir diesen Tag erleben würden«, meinte Byrnes.

»Ich auch nicht«, entgegnete Pike.

»Dieser Junge hat in seinem Leben mit den Frauen schon verdammt viel Schwierigkeiten gehabt.«

»Was für Schwierigkeiten?« fragte Pike sofort.

»Nun, ich möchte Sie damit nicht langweilen«, wand sich Byrnes. »Ich bin nur froh, daß er endlich . . .«

»Nein, erzählen Sie, das wird mich nicht langweilen«, sagte Pike. Ihn beschlich ein seltsames Gefühl von drohendem Unheil, so als würde ihm Byrnes im nächsten Augenblick etwas Schreckliches über den Mann berichten, den Augusta geheiratet hatte. Schwierigkeiten mit Frauen? Was für Schwierigkeiten? Pike mußte es wissen, und wenn es auch nur um Augustas willen war, und dennoch fürchtete er sich vor der Antwort.

»Das ist schon eine Weile her«, begann Byrnes zu berichten. »Kling war damals mit einem Mädchen namens Claire Townsend verlobt. Sie wollten heiraten, sobald sie ihr Staatsexamen hinter sich hatte. Kurz und gut, sie wurde in einer Buchhandlung an der Culver Avenue erschossen. Armes, junges Ding«, fügte Byrnes hinzu, »da kam irgend so ein Verrückter herein, ballerte um sich und tötete außer Claire noch drei andere Leute. Ich glaubte damals, Kling würde nie darüber hinwegkommen. Auf alle Fälle hat es eine Weile gedauert.«

»Aber er ist darüber hinweggekommen, wie?« fragte Pike, immer noch auf das Schlimmste gefaßt, und es dennoch erwartend. Pike erhob sein Glas und nahm nachdenklich einen Schluck. Pike wartete immer noch.

»Für eine sehr lange Zeit ist er nie wieder mit einem Mädchen ausgegangen«, fuhr Byrnes schließlich fort, und Pike dachte: Oh, mein

Himmel, Augusta ist an einen Schwulen geraten!

»Später«, berichtete Byrnes weiter, »ich habe vergessen, um welchen Fall es sich handelte, lernte er im Dienst ein sehr nettes Mädchen namens Cindy Forrest kennen, mit der er einige Zeit gegangen ist. Aber sie hat mit ihm gebrochen. Eines Tages berichtete sie ihm Knall auf Fall, sie habe sich in einen Arzt in dem Krankenhaus verliebt, in dem sie arbeitete. Ganz einfach so. Auf Wiedersehen, es war nett mit dir.« Byrnes schüttelte abermals den Kopf. »So ein Erlebnis kann einen Mann wieder ganz schön fertigmachen.«

»Aber jetzt ist er doch in Ordnung?« drängte Pike.

»Wieso in Ordnung?« wollte Byrnes wissen.

»Er ist schließlich darüber hinweggekommen.«

»O ja, jetzt geht es ihm gut. Nun hat er Augusta gefunden«, sagte Byrnes grinsend und hob sein Glas. »Auf die beiden«, sagte er.

»Auf die beiden«, erwiderte Pike, der sich enorm erleichtert fühlte.

»Manchmal ist mir so, als sei dieser Junge mein eigener Sohn. Sie müssen wissen, er hat beide Eltern früh verloren. Manchmal kommt es mir so vor, als sei er mein eigener.«

»Manchmal geht es mir mit Augusta genauso«, sagte Pike.

Die beiden Männer tranken schweigend vor sich hin.

»Ist dies eine Hochzeit oder eine Leichenfeier?« fragte jemand hinter ihnen.

Pike drehte sich um. Es war der Polizist mit dem Aussehen eines Italieners, Boyds Trauzeuge. »Haben Sie ein paar gute Fotos geschossen, Mr. Pike?« sagte er und verlangte dann vom Kellner einen Scotch mit Soda und außerdem einen kanadischen Whisky on the Rocks. »Wir haben uns vorhin schon gesehen«, erklärte er. »Vor der Trauung, ich heiße Carella, Steve.«

»Ganz recht«, erwiderte Pike und ergriff die ihm hingestreckte Hand. »Es tut mir leid, aber ich bin heute schon so vielen Leuten vorgestellt worden . . .«

»Schon gut«, tröstete ihn Carella. »Warum das lange Gesicht?« wendete er sich an Byrnes.

»Hochzeiten machen mich immer traurig«, erklärte Byrnes.

»Mich auch«, warf Pike ein.

»Diese Feierlichkeit«, sagte Byrnes.

»Das ganze Ritual«, nickte Pike.

»Ihr beiden sprecht wie Monogahn und Monroe«, stellte Carella fest.

»Wer sind Monogahn und Monroe?« fragte Pike, weil er meinte, es könne sich um ein paar Vaudeville-Schauspieler handeln. »Sind sie vom Theater her bekannt?« fragte er laut.

»Man könnte es beinahe so nennen«, erklärte Carella. »Beide sind Beamte bei der Mordkommission.«

»Und keine bequemen Kollegen«, fügte Byrnes hinzu. »Ich mag keine Leute von der Mordkommission.«

»Ich auch nicht«, sagte Carella.

»Ich konnte die Männer von der Mordkommission noch nie leiden«, fuhr Byrnes fort.

»Mir geht es genauso«, nickte Carella.

»Wenn man es von der einen Seite betrachtet . . .«, wendete Pike verhalten ein.

»Wie meinen Sie?« wendete sich Byrnes an ihn.

»Ich wollte nur sagen, wenn man die Dinge von meiner Seite aus betrachtet, könnte ich behaupten, die Polizisten beginnen mir zu gefallen.«

»Aber nicht die von der Mordkommission, hoffe ich«, sagte Carella.

Die Kapelle spielte ein Potpourri von Liedern aus den vierziger Jahren. Zum Klang der »Moonlight Serenade« und »Star Eyes« und »I Had the Craziest Dream« versuchten einige der jüngeren Modelle sich im Tanzstil des Rock and Roll. Pike sah den Mädchen zu und hörte, wie die beiden Polizisten einander dazu gratulierten, daß sie Kling endlich an ein so »nettes« Mädchen verheiratet hätten. Pike hatte das Empfinden, daß diese Beschreibung seiner geliebten Augusta nicht gerecht wurde. Innerhalb der nächsten zehn Minuten kam ein halbes Dutzend weiterer Polizeibeamter – alle mehr oder weniger angetrunken – zu ihnen an die Bar herüber. Pike hatte plötzlich das Gefühl, irgendwer hätte Alarm gegeben, und alle Polizisten in der Nachbarschaft wollten zu Hilfe eilen. Pike fragte sich, wer denn wohl im Büro inzwischen die Stellung hielte. Aber einer von den Beamten erklärte ihm – hatte Pike die Frage etwa laut gestellt? –, daß zur Abteilung insgesamt sechzehn Mann gehörten, einige von ihnen seien noch im Revier und kümmerten sich um die Sicherheit der Bürgerschaft. Die meisten waren allerdings hier, um mit dem guten, alten Kling Hochzeit zu feiern.

Wie auf ein Stichwort hin erschien Kling in seinem Smoking, von einem Ohr bis zum andern grinsend, an der Bar. Eine blonde Locke hing ihm in die Stirn. Da war endlich das Opfer, auf das sie alle gewartet hatten. »Da kommt er ja endlich!« ließ sich einer der Beamten vernehmen. Die Polizisten lachten alle und klopften ihm auf die Schultern. Einer von ihnen, ein Mann namens Andy Parker, der trotz seines dem Fest angemessenen Anzuges etwas unordentlich aussah, verkündete Kling, daß man in einigen Teilen des Landes – wie zum Beispiel auch in dieser Stadt – immer noch an der alten Sitte festhielte, daß Freunde des Bräutigams die Braut am Hochzeitsabend entführten – vor allem, wenn sie so schön sei wie Augusta. Kling lachte und erinnerte daran, daß Entführung ein Verbrechen sei, für das man lebenslang ins Gefängnis gesteckt werden könnte. Da lachten wiederum alle. Schließlich brachte Carella sie zum Schweigen, indem er die Hand hob. Er überzeugte sich davon, daß sie alle gefüllte Gläser hatten – als ob sie es nötig gehabt hätten noch mehr zu trinken –, erhob sein Glas und sagte: »Freunde, ich möchte euch sagen, daß auch mich dieser Tag glücklich gemacht hat. Ich möchte hinzufügen, daß ich ihn seit langem herbeigewünscht habe, seit sehr langer Zeit. Erinnert ihr euch noch, als dieser junge Mann in unsere Abteilung versetzt wurde? Er hatte damals, obwohl er nur Streifenpolizist war, den Mord an Jeannie Paige geklärt. Ich glaube, daran erinnert ihr euch alle noch.«

Ringsum wurde genickt und zustimmend gemurmelt. Hal Willis erwählte diesen Augenblick, um Kling noch einmal auf die Schulter zu schlagen. Dann blinzelte Meyer Meyer ihm zu, als Carella fortfuhr: »Nun, der junge Mann hat sich vorzüglich in unsere Mannschaft eingefügt, und wir haben im Laufe der Jahre viel Spaß miteinander gehabt. Mir bleibt im Augenblick nur übrig, ihm für die Zukunft alles, alles Gute zu wünschen.« Er hob das Glas noch ein wenig höher. »Auf Augusta und dich. Auf eine gute Ehe, glückliche Jahre und eine gute Zukunft. Meinen Glückwunsch, Bert.«

Also, das ist sein Name, dachte Pike.

2

»Wenn dieser Kerl uns noch ein einziges Mal fotografiert ...«, sagte Kling.

»Er ist eben sehr gewissenhaft«, erklärte Augusta.

Sie hatten sich umgezogen und standen jetzt an der Hotelrezeption, um sich den Schlüssel für das für sie reservierte Zimmer zu holen. Jenseits der Halle stand Pike mit der Kamera am Auge. Er wollte aus einiger Entfernung noch ein Foto von dem Paar an der Rezeption schießen.

»Er wird doch wohl nicht mit uns heute abend schlafen wollen?« fragte Kling.

»Wer denkt ans Schlafen?« fragte Augusta schelmisch lächelnd zurück.

»Ich meine –«

»Ich werde ihm auf die sanfte Tour beibringen, daß er für heute genug Bilder gemacht hat. Okay?« sagte Augusta. »Er ist mir ein lieber alter Freund, Bert. Ich möchte seine Gefühle nicht verletzen.«

»Okay.«

»Und wir werden uns später darüber freuen, wenn wir alle die schönen Bilder sehen.«

»Ja, ich weiß. Gus, bist du glücklich?«

»Ja, Darling, ich bin sehr glücklich.«

»Es war doch eine wirklich hübsche Hochzeit, nicht wahr?«

»Ja.«

»Ich meine, die Hochzeitszeremonie an sich.«

»Ja, Darling, ich weiß.«

»Es ist irgendwie etwas Unheimliches an diesen Worten«, fuhr Kling fort. »Wenn man einmal richtig darüber nachdenkt, ist das eigentlich ein verdammt beängstigender Vertrag.«

»Hast du Angst?«

»Gewiß, du nicht auch? Ich nehme das alles sehr ernst, Gus.«

»Ich auch.«

»Ich möchte wirklich, daß es mit uns ein Leben lang gutgeht.«

»Ich doch auch.«

»Also . . . also laß uns dafür sorgen, daß es anhält, Gus.«

»Machst du dir darüber Gedanken?«

»Nein, aber – nun ja, in gewisser Hinsicht. Ich liebe dich so sehr, Gus, und will deshalb immer alles tun, nur um dich glücklich zu sehen, ich will zusehen, wie du dich weiterentwickelst –«

»Ihr Schlüssel, Sir«, sagte der Nachtportier.

»Vielen Dank«, erwiderte Kling.

»Sie haben Zimmer 824, der Page wird Sie hinaufbringen.«

»Vielen Dank«, wiederholte Kling.

Jenseits der Hotelhalle saß Pike auf einem der Sofas und legte einen neuen Film in die Kamera ein. Als er sah, daß sich das Paar von der Rezeption entfernte, klappte er den Rückdeckel der Kamera zu, erhob sich und kam rasch auf sie zu.

»Ich möchte nur noch ein einziges Bild machen«, erklärte er entschuldigend.

»Du bist wirklich ein Engel«, sagte Augusta. »Hast du überhaupt zum Amüsieren Zeit gehabt, oder hast du den ganzen Tag lang gearbeitet?«

»Ich habe mich großartig amüsiert«, erwiderte der Fotograf. »Aber ich brauche jetzt noch ein Bild.«

»Welches wäre das?« fragte Kling mit kaum verhohlener Ungeduld.

»Ich habe nicht ein einziges Bild von Augusta und mir. Bert, ich würde mich sehr freuen, wenn Sie Augusta und mich zusammen fotografieren wollten.«

Kling lächelte breit. »Nur zu gern.«

»Ich habe gerade eine neue Rolle eingelegt«, erklärte Pike und reichte Kling Kamera und Blitzlicht. Dann schaute er sich in der Halle um und führte Augusta vor eine Topfpalme unmittelbar neben der Drehtür. Im Hotel herrschte ziemlich viel Betrieb. Leute gingen ein und aus. Kling hob die Kamera ans Auge, stellte die Entfernung ein und hob den Blitzlichtscheinwerfer so hoch, als wolle er die Haltung der Freiheitsstatue nachahmen. »Lächeln«, rief er und drückte auf den Auslöser. Die Kamera klickte, das Blitzlicht flammte. Pike und Augusta blinzelten.

»Das hätten wir«, meinte Kling.

»Vielen Dank«, sagte Pike.

Während Kling ihm die Kamera und das Blitzlicht zurückreichte, bemerkte er Tränen in Pikes Augen.

»Alex«, sagte er, »wir können Ihnen nicht genug für alles danken, was Sie heute getan haben.«

»Es war mir ein Vergnügen«, erwiderte Pike. Er küßte Augusta auf die Wange. »Bleib glücklich, Darling«, und wendete sich dann an Kling und ergriff seine Hand. »Passen Sie gut auf sie auf, Bert.«

»Das will ich«, versprach Kling.

»Gute Nacht denn und alles Gute für euch«, fügte Pike noch hinzu, ehe er sich rasch abwendete.

Im Fahrstuhl sagte der Page: »Sind Sie frisch verheiratet oder wie?«

»Stimmt genau«, erklärte Kling.

»Sie sind heute schon das dritte junge Brautpaar. Ist irgendein besonderer Tag, oder was ist los?«

»Wie meinen Sie das?« fragte Augusta.

»Alle Leute heiraten heute. Ist ein religiöser Feiertag oder sonst etwas? Was haben wir heute überhaupt für einen Tag? Der Neunte, nicht wahr?«

»Ja.«

»Der Neunte, na und? Ist der was Besonderes?«

»Es ist unser Hochzeitstag«, erklärte Augusta.

»Ja, das weiß ich, aber ist heute was Besonderes los?«

»Das ist doch etwas Besonderes«, sagte Augusta.

»Gewiß, das ist mir vollkommen klar«, redete der junge Mann weiter. »Aber Sie wissen doch, was ich meine, nicht wahr? Ich möchte nur herauskriegen, ob es ein Tag von allgemein besonderer Bedeutung ist, wo ich doch heute schon drei Hochzeitspaare gehabt habe. Warum das so ist, möchte ich gerne herauskriegen.« Sie waren im achten Stockwerk angekommen und gingen den Korridor hinunter zum Zimmer 824. Vor der Tür stellte der Page die Koffer ab, dann schloß er auf und trat zur Seite, um das frischvermählte Paar eintreten zu lassen.

Im Zimmer waren beide auf einmal sehr schweigsam.

Der Hotelpage wunderte sich laut, warum alle Doppelzimmer ausgerechnet am Ende des Korridors seien. Aber die beiden gaben ihm keine Antwort. Und der Page plauderte weiter darüber, daß wohl die Hotels heutzutage keinen Sinn mehr für Romantik hätten. Immer noch blieb jede Antwort aus. Da stellte er die Koffer auf das dafür vorgesehene Gestell, zeigte ihnen das Badezimmer und wie der Thermostat arbeitete. Dann erklärte er, ein Aufleuchten des roten Lichtes auf dem Telefon bedeute, daß sie verlangt würden. Er tat so, als habe er noch viel herzurichten und zu erklären. Dabei wartete er nur auf sein Trinkgeld. Und dann tat er etwas, was bei den Hotelpagen in dieser Stadt sehr selten geworden ist – er salutierte mit der Hand an seiner Mütze und verließ schweigend das Zimmer. Kling hängte die Karte mit dem Aufdruck »Bitte nicht stören« außen an die Türklinke. Schweigend hängten er und Augusta ihre Mäntel auf und begannen, die Koffer auszupacken.

Sie waren beide keine Kinder mehr. Ihr Schweigen hatte nichts zu tun mit jungfräulicher Erwartung oder Furcht vor der Körperlichkeit des Ehelebens, nichts zu tun mit Angst vor Frigidität oder Impotenz oder sonst etwas, das nur entfernt mit Sex zu tun hätte. Sie kannten einander lange und intim genug. Ihr Schweigen drückte aus, daß ihnen erst jetzt der Ernst der ganzen Angelegenheit so richtig aufgegangen war. Sie hatten unten an der Hotelrezeption beiläufig darüber gesprochen. Aber jetzt dachten sie ernsthaft und gewissenhaft darüber nach. Beide kamen übereinstimmend zu der Überzeugung, daß das, was sie heute verbunden hatte, für immer andauern solle. Beiden war klar, daß nichts und niemand sie zu dieser Heirat gezwungen hatte. Sie hätten genausogut weiterhin zusammen leben können wie bisher. Sie hatten beide, jeder für sich, eingehend und lange den entscheidenden Schritt überlegt. Beinahe zur gleichen Zeit waren sie zu dem gleichen Entschluß gekommen. Als Kling sie schließlich fragte, ob sie ihn heiraten wolle, hatte Augusta sofort ja gesagt. Er hatte sie gefragt, weil er ganz schlicht und unwiderruflich zu der Überzeugung gelangt war, daß er den Rest seines Lebens mit ihr verbringen wollte. Augusta hatte aus den gleichen Gründen seinen Heiratsantrag angenommen. Nun waren sie verheiratet. Der

Priester hatte an diesem Nachmittag kurz nach vier Uhr die entscheidenden Worte gesprochen, als er sagte: »Da ihr beide eure Zustimmung erklärt habt und vor dieser Gesellschaft bekräftigt, erkläre ich euch kraft meiner Autorität, die mir durch die Kirche übertragen wurde, und entsprechend den Gesetzen dieses Staates zu Mann und Frau. Der Herr möge eure Vereinigung segnen.« Das Wort »Vereinigung« war ihnen beiden nahegegangen. Vereinigung. Genau das sollte nach ihrem beiderseitigen Wunsch ihre Ehe werden. Eine wahre Vereinigung, das dachten jetzt beide, wenngleich jeder für sich.

Es gab nicht viel auszupacken. Sie wollten nur für diese eine Nacht im Hotel bleiben und am Morgen nach Guadeloupe fliegen. Nachdem Kling seine Sachen zurechtgelegt hatte, fragte er seine junge Frau, ob er noch einen Nachttrunk heraufbringen lassen solle. Aber Augusta lehnte ab. Sie habe bereits genug getrunken, erklärte sie. Dann fragte er sie, ob sie zuerst ins Badezimmer gehen wollte, und sie antwortete: »Geh du zuerst, Bert. Ich muß noch ein paar Kleidungsstücke für morgen früh zurechtlegen.« Sie ließ dabei den Blick über die beiden Koffer schweifen bei dem Versuch, sich zu erinnern, in welchem wohl die Dinge waren, die sie morgen für den Flug anziehen wollte. Dabei zog sie die Unterlippe zwischen die Zähne, während ein fragendes Lächeln über ihre Züge huschte. Augusta sah aus, als habe sie ein ernstes und schwerwiegendes Problem zu überdenken.

»Ich liebe dich«, sagte Kling plötzlich. Sie drehte sich um, sah ihn an und ließ ein Lächeln der Überraschung erkennen. »Ich liebe dich auch«, erwiderte sie.

»Ich meine, ich liebe dich wirklich.«

»Ja«, erwiderte sie leise. Dann glitt sie in seine Arme und klammerte sich an ihm fest. So blieben sie einige Sekunden lang stehen, einander verbunden in schweigender Umarmung, ohne Kuß, nur ganz nahe beisammen und einer den anderen fest umklammernd. Dann schaute Augusta in sein Gesicht empor, legte ihm leicht die Finger auf die Lippen, woraufhin er nickte und sie auseinandertraten. »Nun geh unter die Dusche«, sagte Augusta. Kling lächelte und ging zum Badezimmer. Er schloß die Tür hinter sich. Als er zehn Minuten später herauskam, war Augusta verschwunden.

Bert hatte sich einen so richtig männlichen Auftritt vorgenommen, mit eingezogenem Bauch und geschwelltem Brustkasten. Jetzt stand er unter der Badezimmertür, mit einem Handtuch um die Hüften, und sah sofort, daß Augusta nicht in dem Zimmer war. Gleich darauf bemerkte er, daß die Tür zum Korridor offen stand. Deswegen nahm er an, daß Augusta nur kurz in den Korridor hinausgegangen sei, vielleicht auf der Suche nach einem Zimmermädchen. Er konnte allerdings nicht verstehen, warum sie nicht einfach zum Telefon gegriffen hatte, wenn sie etwas brauchte. Kling ging zur Tür, schaute in den Gang hinaus und fand nicht die geringste Spur von seiner Frau. Verwundert schloß er die Zimmertür und trat an den Schrank, wo er seinen Morgenmantel aufgehängt hatte. Er erwartete keineswegs, daß Augusta sich dort versteckt habe. Solche Kindereien waren ihr nicht zuzutrauen. Er ging zu dem Schrank, weil er sich plötzlich nur mit einem Handtuch um die Hüften nackt vorkam. Inzwischen war ihm der Gedanke gekommen, daß vielleicht die Jungens vom 87. Revier da ihre Finger im Spiel haben könnten. Parker hatte schließlich laut und deutlich von dem traditionellen Hochzeitsscherz berichtet, demzufolge die Braut entführt werden mußte, um den Bräutigam zur Bestellung einer allerletzten Runde als Lösegeld zu zwingen. Dieses letzte Glas mußten die Neuvermählten dann zusammen mit ihren späten Gästen trinken, wobei es gewöhnlich nicht an Anspielungen, eindeutigen Scherzen und vielem Schulterklopfen fehlte. Kling hatte niemals gehört, daß man eine Braut aus dem Schlafzimmer entführt habe, aber die Jungens vom 87. Revier waren schließlich Profis. Ihnen konnte man zutrauen, daß sie sich etwas anderes einfallen ließen, als eine junge Frau einfach vom Hochzeitsempfang wegzuschleppen. Als Kling die Hand auf den Türknopf des Kleiderschrankes legte, erschien ihm das alles auf einmal nicht nur möglich, sondern sogar wahrscheinlich. Ohne Zweifel hatten die lieben Kollegen herausgefunden, in welchem Zimmer Kling und Augusta wohnten. Draußen an der Klinke hing die Plastikkarte mit dem Aufdruck: »Bitte nicht stören.« Sie war als Werkzeug durchaus geeignet, den Riegel eines einfachen Schlosses zurückzudrücken. Außerdem fehlte es sicherlich nicht an geeignetem Einbruchswerkzeug. Denn Polizisten verstanden sich auf dieses Fach mindestens so gut wie berufsmäßige Einbrecher, wenn es darauf ankam. Mißmutig öffnete Bert die Schranktür. Er mochte seine Kollegen sehr gern. Aber er mußte mit Augusta am nächsten Morgen früh aufstehen, um das Flugzeug nicht zu versäumen. So gesehen kam ihm der Scherz seiner Kollegen nicht nur albern und unangebracht vor, sondern ausgesprochen rücksichtslos. Während er nach seinem Morgenmantel griff, überlegte er, was ihm jetzt blühte. Er mußte dumm herumsitzen, Däumchen drehen und darauf warten, daß die verrückten Kerle endlich anriefen, um ihm zu sagen, was sie als Lösegeld forderten. Und wenn sie ihm Augusta dann endlich zurückbrachten, ging mindestens eine weitere halbe Stunde mit Trinken und Lachen drauf, ehe er sie endlich loswurde. Da fiel ihm auf, daß Augustas Mantel immer noch auf dem Kleiderbügel hing, genau dort, wo sie ihn gleich nach dem Betreten des Zimmers hingetan hatte.

Bert Kling machte sich deshalb immer noch keine Sorgen – aber er war von Berufs wegen daran gewöhnt, rasche und treffsichere Schlußfolgerungen zu ziehen. Es war November. Die Außentemperatur lag bereits unter dem Gefrierpunkt. Wenn auch die Jungens vom 87. Revier etwas angetrunken waren, zu Dummheit oder Grausamkeit neigten sie bestimmt nicht. Auf gar keinen Fall hätten sie Augusta ohne ihren Mantel aus dem Hotel geschleppt. Halt, Moment mal, dachte Bert. Wer sagte denn, daß die junge Frau aus dem Hotel fortgebracht worden war? Vielleicht saß die ganze Bande unten in der Halle oder noch besser an der Bar. Wahrscheinlich hatte Augusta schon einen ausgegeben. Die sitzen herum, lachen mich aus und warten die Zeit ab, bis sie es für richtig halten, mich anzurufen, dachte er. Sehr spaßig. Ihr habt vielleicht einen seltsamen Sinn für Humor. Kling ging zum Telefon, nahm den Hörer auf, setzte sich auf die Bettkante und drehte die Nummernscheibe. Er sagte dem sich meldenden Angestellten an der Rezeption, wer er war. Er habe zusammen mit seiner jungen Frau, die Große mit dem kastanienroten Haar, gerade Zimmer 824 bezogen . . .

»Jawohl, Sir, ich erinnere mich«, fiel ihm der Mann ins Wort.

»Sie können meine Frau unten im Foyer nirgendwo sehen, nicht wahr?« fragte Kling.

»Wie bitte?«

»Meine Frau, Mrs. Kling. Sie ist nicht zufällig unten im Foyer, wie?«

»Hier kann ich sie nirgendwo sehen, Sir.«

»Sie müssen wissen, daß wir noch einige Freunde erwarteten. Ich dachte schon, meine Frau sei hinuntergegangen, um sie dort zu treffen.«

»Nein, Sir, im Foyer ist sie nicht.«

»Sie würden aber gesehen haben, wenn meine Frau durch die Halle gekommen wäre?«

»Nun, ja, Sir – das nehme ich an. Die Fahrstühle befinden sich genau gegenüber von meinem Tresen. Also hätte ich sie eigentlich sehen müssen, wenn Ihre Frau hier vorbeigekommen wäre.«

»Wie steht es mit der Feuertreppe? Angenommen, sie wäre über die Treppe hinuntergegangen?«

»Die Feuertreppe befindet sich am rückwärtigen Teil des Gebäudes. Nein, jemanden, der die Treppe herunterkommt, kann ich von hier nicht sehen. Es sei denn, man ginge durch das Foyer, um das Hotel zu verlassen.«

»Gibt es noch andere Möglichkeiten, aus dem Hause zu gelangen?« fragte Kling ganz berufsmäßig.

»Ja, da gibt es noch einen Lieferanteneingang.«

»Endet die Feuertreppe irgendwo dort in der Nähe?«

»Ja, Sir, man kann über die Feuertreppe in die Hotelhalle und zum Hintereingang gelangen.«

»In welchem Stockwerk befindet sich die Bar?«

»Hier unten im gleichen Flur wie das Foyer, Sir.«

»Können Sie die Bar von Ihrem Tresen aus sehen?«

»Nein, Sir, sie befindet sich am anderen Ende des Foyers, jenseits der Feuertreppe.«

»Vielen Dank«, sagte Kling und hängte ein. Sofort wählte er die Nummer der Bar. Er beschrieb dem Kellner das Äußere seiner Frau und meinte, sie säße vielleicht mit einigen Herren zusammen, denen man die Kriminalbeamten auf den ersten Blick anmerkte. Er sei selbst Detective, fügte er erklärend hinzu, und seine Freunde, diese Kollegen, hätten ihm womöglich einen Streich gespielt, wie es in der

Hochzeitsnacht wohl hier und da üblich sein solle. Also möge sich der Kellner bitte vorsichtig und unauffällig umschauen und ihm sagen, ob eine hochgewachsene Dame mit kastanienrotem Haar in der Bar sei. »Und, hören Sie zu, falls meine Kollegen mit meiner Frau unten sind, lassen Sie sich nichts anmerken. Kein Wort, okay? Ich werde selbst hinunterkommen, und das wird eine Überraschung geben.«

»Ich brauche mich gar nicht erst umzusehen, Sir«, erklärte der Kellner. »Hier sind überhaupt nur zwei Leute. Beides alte Männer. Und von ihnen paßt keiner auf die Beschreibung, die Sie mir von Ihrer Frau gegeben haben. Ha ha ha!«

»Okay«, meinte Kling mürrisch.

»Meine Frau ist auch in der Hochzeitsnacht entführt worden«, fügte der Barkellner trocken hinzu. »Heute wünschte ich mir nur, man hätte sie damals nicht zurückgebracht.«

»Nun, vielen Dank auch«, schloß Kling das Gespräch und hängte ein.

In diesem Augenblick sah er Augustas Schuh. Nur einen von beiden. Er lag neben dem Papierkorb auf dem Fußboden. In der Nähe der Kommode. Knapp links neben der Tür, unmittelbar an der Kommode, genauer gesagt. Es war ein Schuh von dem Paar, das sie beim Umziehen nach dem Ablegen des Brautgewandes angezogen hatte. Nun war es kein Paar mehr. Nur noch ein einzelner Schuh. Ein hochhackiger Pumps, der umgekippt neben dem Papierkorb lag. Kling ging hinüber und hob den Schuh auf. Während er ihn betrachtete (und sich dabei immer noch einredete, es läge kein Grund zur Besorgnis vor, denn es handelte sich um einen Scherz, es *mußte* ein Scherz sein), bemerkte er plötzlich einen Übelkeit verursachenden Geruch, der aus dem Papierkorb zu seinen Füßen aufzusteigen schien. Kling stellte den Schuh oben auf die Kommode. Dann kniete er nieder und schaute in den Papierkorb. Der Geruch wurde intensiver und süßlich. Sofort drehte er den Kopf zur Seite, aber er hatte bereits den großen Wattebausch auf dem Boden des sonst völlig leeren Abfallbehälters gesehen. Sofort erkannte er, was für ein Geruch diesem Wattebausch entströmte: Chloroform.

Von da an machte er sich ernsthaft Sorgen.

3

Genau zehn Minuten nach Mitternacht traf Steve Carella im Hotel ein. Er fand Kling in einem Zustand vor, den man selbst bei allem freundschaftlichen Wohlwollen nur als hysterisch bezeichnen konnte. Kling rauchte, als er Carella einließ. Das war in all den Jahren, die sie nun zusammen arbeiteten, noch nicht vorgekommen. Er drückte hinter Carella die Tür ins Schloß und begann sofort im Zimmer hin- und herzugehen. Er trug braune Gabardinehosen, ein blaues Sporthemd mit offenem Kragen, einen braunen Pulli darüber, braune Socken und braune Strandschuhe. Er sah aus wie ein wohlhabender Pferdezüchter, der sich für das Nachmittagsrennen in saloppe Kleidung geworfen hat. Eigentlich fehlte ihm nur das um den Hals baumelnde Fernglas. Sein nervöses Hin- und Hergerenne hätte allerdings eher zur Entbindungsstation einer Klinik gepaßt. Carella sagte ihm sofort, er solle sich hinsetzen und beruhigen. Kling tat keins von beiden.

»Hast du außer mir noch jemanden angerufen?« wollte Carella wissen.

»Nein, ich habe daran gedacht, wenn es um eine Lösegeldforderung geht –«

»Richtig . . .«

»– dann heißt es doch immer zuallererst: keine Polizei! Verdammt, Steve, ich bin doch die Polizei! Wer könnte wohl verrückt genug sein, ein derartiges Scheißding zu drehen?«

Die grobe Ausdrucksweise war für Kling ungewöhnlich. Er paffte und lief im Zimmer auf und ab. Dabei fluchte er wie ein Seemann und hatte eine fieberhafte Röte im Gesicht. In seinen Augen schimmerte es feucht. Er schien den Tränen nahe.

»Nun gut, beruhige dich endlich«, redete ihm Carella gut zu. »Wir wollen mal die Zeiten festhalten. Okay? Sage mir möglichst genau, wann du das Zimmer verlassen hast.«

»Ich ging gegen elf Uhr zwanzig ins Badezimmer und kam gegen elf Uhr dreißig wieder heraus.«

»Hast du während dieser Zeit irgend etwas gehört? Kampfgeräusche oder –«

»Nichts. Ich stand unter der Dusche, Steve. Wie hätte ich da was hören können.«

»Du hast doch nicht die ganze Zeit geduscht. Nicht wahr? Du mußt irgendwann unter der Dusche hervorgekommen sein, um dich abzutrocknen? Ich nehme doch an, daß du dich abgetrocknet hast, Bert?«

»Ja, ich habe mir auch die Zähne geputzt.«

»Nach dem Duschen?«

»Ja.«

»Hast du nichts gehört, während du dich abgetrocknet oder dir die Zähne gebürstet hast?«

»Nichts.«

»Wie lange hast du unter der Dusche gestanden?«

»Etwa fünf Minuten.«

»Wenn also jemand Augusta gewaltsam entführt hat –«

»Himmel!« entfuhr es Kling.

»Was ist los?«

»Wenn ich eins im Augenblick absolut nicht vertragen kann, dann ist es dieser Polizistenjargon!«

»Schon gut, wer also Augusta aus diesem Zimmer geholt hat, muß es während genau der fünf Minuten getan haben, als du unter der Dusche standest. Demnach zwischen elf Uhr zwanzig und elf Uhr fünfundzwanzig.«

»Ja, Steve, können wir nicht einfach –«

»Immer mit der Ruhe«, redete Carella weiter.

»Hast du mit Augusta gesprochen, bevor du ins Bad gingst?«

»Gesprochen? Mag sein. Nein, Moment mal, wir haben nicht geredet. Doch, aber nur ein paar Worte. Im allgemeinen waren wir ziemlich still, glaube ich.«

»Wann habt ihr diese paar Worte gewechselt?«

»Ich habe Augusta gefragt, ob sie noch einen Schlaftrunk haben möchte.«

»Aha«, meinte Carella und nickte.

»Und sie sagte, sie hätte schon genug getrunken.«

»Aha, das war alles?«

»Nein, dann sagte sie . . . nein, ich habe sie gefragt, ob sie zuerst ins Badezimmer gehen wolle. Aber Augusta meinte, sie hätte noch ein paar Sachen zurechtzulegen, die sie morgen früh anziehen will. Und dann – hm – habe ich ihr gesagt, daß ich sie liebe.«

»Ja, ja . . .«

»Und, hm, sie sagte, daß auch sie mich liebe, glaube ich. Und wir, hm, umarmten uns, und dann ging ich ins Bad unter die Dusche.«

»Hat sie irgend etwas gesagt, bevor du ins Badezimmer gingst?«

»Ja, sie sagte: Nun geh unter die Dusche.«

»Wenn also jemand draußen an der Tür lauschte, dann wußte er spätestens in diesem Augenblick, daß du im Begriff warst, das Zimmer zu verlassen.«

»Richtig.«

»Vor allem, wenn dieser Jemand hinterher keine Stimmen mehr gehört hat.«

»Ja.«

»Hast du dieses Zimmer verlassen, nachdem du mich angerufen hast?«

»Nein.«

»Du hast dich nicht nach der Feuertreppe oder etwas anderem umgesehen?«

»Nein.«

»Hast du mit irgendwem im Hotel geredet? Vielleicht den Fahrstuhlführer oder sonst jemanden gefragt, der Augusta gesehen haben könnte oder die Person, welche –«

»Ich habe mit dem Mann an der Rezeption und mit dem Barkeeper gesprochen. Das war zu der Zeit, als ich noch an einen dummen Scherz glaubte.«

»Was meinst du damit?«

»Nun ja, Parker hat doch an der Bar von dem seltsamen Brauch erzählt, daß junge Frauen in der Brautnacht entführt werden. Ich dachte, vielleicht . . .«

»Ja, hm«, meinte Carella und zog eine Grimasse. »Hast du sonst noch mit irgendwem aus dem Hotel gesprochen außer dem Mann an der Rezeption und dem Barkeeper?«

»Nein.«

»Wie fühlst du dich?«

»Okay.«

»Bert, ich möchte gern, daß du deine Finger ganz raushältst.«

»Warum?«

»Ich möchte, daß du dich erst ein bißchen beruhigst.«

»Ich bin vollkommen ruhig«, behauptete Kling.

»Du machst aber gar nicht diesen Eindruck. Wenn die Entführer hier anrufen, werden sie mit dir sprechen wollen. Du mußt völlig beherrscht und ruhig sein, Bert, damit du sie hinhalten kannst und die Situation beherrschst, während wir –«

»Ich bin vollkommen ruhig und beherrsche jede Situation! Wenn du nur endlich mit dem dummen Gequatsche aufhören würdest . . .«

»Bert«, warf Carella sehr leise ein. »Nimm dich zusammen. Ja?«

Kling schwieg.

»Laß uns die Sache in die Hand nehmen. Okay? Halte dich wenigstens für den Augenblick raus. Deine einzige Aufgabe ist es, mit diesen Leuten zu reden, wenn sie anrufen.«

Kling sagte immer noch nichts.

»Bert? Hast du mich gehört?«

»Ja.«

»Dann also okay.«

»Was für ein Lösegeld erwartet man wohl von einem Polizisten mit Staatsgehalt?« fragte Kling. Er hatte keine Antwort erwartet. Er schüttelte nur den Kopf und starrte auf seine Schuhspitzen herunter.

»Hat ihr Vater Geld?« fragte Carella.

»Vermutlich, ihm gehört eine Papiermühle in Seattle.«

»Dann wollen sie womöglich an ihn ran«, fuhr Carella fort. Er dachte eine Weile darüber nach, nickte, anstatt mit den Schultern zu zucken, und ging dann ans Telefon, um eine Reihe von Anrufen zu erledigen. Als er den Hörer einhängte, sah er, daß Kling gerade in Augustas Handtasche nach einer weiteren Zigarette suchte.

»Das brauchst du nicht«, redete ihm Carella gut zu.

»Doch, ich brauche eine Zigarette«, beharrte Kling.

Carella nickte abermals, aber diesmal ähnelte das Nicken mehr dem Ersatz für einen Seufzer.

»Die technische Mannschaft wird in den nächsten zehn Minuten hier sein. Der Lieutenant und Meyer sind bereits auf dem Wege. Wir wollen die Sache so weit wie irgendmöglich herunterspielen, Bert, damit das Hotelpersonal so lange im dunkeln gehalten wird, wie es irgend geht. Mindestens so lange, bis wir einen ersten Kontakt haben. Okay?«

»Ja«, erwiderte Kling mürrisch.

»Ich will mich einmal auf der Feuertreppe umsehen. Kann ich dich allein lassen?«

»Ja.«

»Bert?«

»Ja, doch, ja.«

»Okay«, seufzte Carella und verließ das Zimmer.

Der Haupteingang des Hotels lag an der Mayr-Terrasse. Die Feuertreppe befand sich an der Rückseite des Gebäudes und endete auf einem Hinterhof zwischen dem Hotel und dem benachbarten Apartmenthaus. Carella kam zu dem logischen Schluß, daß niemand, der eine bewußtlose Frau zu schleppen hatte, den Fahrstuhl benutzen würde. Ganz klar, daß für einen solchen Transport nur der Fluchtweg über die Feuertreppe blieb. Das Zimmer, aus dem Augusta entführt worden war, lag im achten Stockwerk des insgesamt siebzehnstöckigen Hotelgebäudes. Carella hatte die Wahl, entweder hinauf- oder hinunterzuklettern. Augustas Entführer konnte entweder zum Dach hinauf- oder zum Hinterhof hinuntergeklettert sein. Wieder fiel ihm ein, daß der Entführer schließlich das Gewicht einer bewußtlosen Frau zu schleppen hatte. In einer solchen Situation nahm gewiß jeder den leichtesten Weg, und der führte in den Hof hinunter. Also kletterte Carella abwärts.

Auf dem Absatz des dritten Stockwerks fand er Augustas zweiten Schuh. Er war ihr wahrscheinlich vom Fuß geglitten, als der Entführer seine schwere Last über die eisernen Stufen abwärts schleppte. Carella steckte den Schuh in die Manteltasche und kletterte weiter hinunter. Bald hatte er die Höhe des Haupteinganges erreicht. Hier gab es zwei Feuertüren auf dem Treppenabsatz. Durch eine gelangte man in die Hotelhalle, die andere führte auf den Hof hinaus. Es war klar, daß der Entführer die bewußtlose Augusta nicht durch das Foyer getragen hatte. Also öffnete Carella die Tür zum Hof. Ein wilder, eiskalter Novemberwind pfiff ums Gebäude. Die Mantelschöße flatterten dem Kriminalbeamten um die Beine. Er machte ein paar

Schritte in den Hof hinaus. Sein Haar wurde vom Wind zerzaust, und seine Augen begannen zu tränen. Unmittelbar gegenüber der eisernen Feuertür, etwa zehn Meter vom Hotel entfernt, erhob sich die glatte Ziegelwand des benachbarten Apartmentgebäudes. Carella drückte sich mit dem Rücken gegen die eiserne Feuertür. Links von sich erkannte er die Ausfahrt zwischen den beiden Häusern. Draußen auf der Straße herrschte mitternächtlicher Verkehr. Rechts befand sich eine Reihe schmutziger Fenster. Es sah aus, als führe eine erleuchtete Brücke von dem Hotel zu dem Apartmenthaus hinüber. Die Fensterreihe gehörte zu einem niedrigen, flachen Trakt zwischen den beiden Hochhäusern. Es sah aus, als habe sich dieses Gebäude so flach und klein gemacht, weil es fürchtete, von den beiden Riesen erdrückt zu werden. Neben der Fensterreihe war eine rotgestrichene Eisentür zu erkennen. Carella hielt nicht viel von dem Spitznamen, den die Polizisten gegenwärtig tragen. Aber er hatte sich schon während der Ausbildungszeit damit abfinden müssen, daß viele Leute die Polizeibeamten eben als »Bullen« abqualifizieren. Daran mußte er jetzt denken, als er zielstrebig auf die rote Tür losging wie ein Bulle auf das rote Tuch. Auf die Kälte fluchend, überquerte der Kriminalbeamte den Hof, tastete nach der Tür und klopfte daran.

Niemand meldete sich.

Er klopfte lauter.

»Wer ist da?« ließ sich drinnen eine Stimme vernehmen.

»Polizei!« rief Carella zurück.

»Wer?«

»Ich bin Polizeibeamter. Würden Sie bitte die Tür aufmachen, Sir?«

»Einen Moment, okay?«

Der Mann, der schließlich die Tür aufschloß und öffnete, schien Anfang Siebzig zu sein. Ein dünner Mann mit einer dicken Brille. Er trug schwarze Hosen, ein weißes Hemd und eine lange ehemals weiße Schürze. In der linken Hand hielt er einen Besen.

»Könnte ich bitte einmal Ihre Polizeimarke sehen?« fragte er Carella.

Der Polizeibeamte wies sich aus.

»Dann kommen Sie herein«, fuhr der Mann fort und wartete, bis

Carella eingetreten war. Er zog die Tür hinter ihm zu und drehte den Schlüssel herum. Sobald er diese Aufgabe erledigt hatte, nahm er den Besen in die rechte Hand.

»Kalt da draußen, nicht wahr?« sagte er.

»Sehr«, nickte Carella.

Der Mann hatte braune Augen, die von den dicken Gläsern seltsam verzerrt und vergrößert erschienen. Er sprach leise und so verhalten, daß Carella seine Worte kaum verstehen konnte. Auf Kinn und Wangen zeigten sich graue Bartstoppeln. »Was gibt es denn?« fragte er.

»Es handelt sich um eine reine Routineangelegenheit«, sagte Carella, wie es alle Polizisten tun, wenn sie die Leute zunächst einmal beruhigen wollen. Eine Routineangelegenheit. Worte, mit denen zumeist die erste Neugierde des braven Bürgers gestillt ist. Bei einem Verbrecher aber verfängt diese Ausrede nicht. Im Gegenteil, was als Routineuntersuchung hingestellt wird, läßt ihm oft die Knie schlottern.

»Wie lange sind Sie heute abend schon hier drinnen?«

»Ich kam gegen zehn Uhr an.«

Carella schaute sich um und sah, daß er sich in einer Küche befand. Die Wand zur Hofseite hin war fast in ganzer Länge von einem riesigen, schwarzen Ofen eingenommen. Daß die Fenster von außen so verschmiert aussahen, stammte sicherlich von den Fettspritzern, die während der täglichen Kocherei von innen dagegenschlugen. Gegenüber vom Herd stand ein großer Fleischerblock mit anschließendem Arbeitstisch. Darauf waren fleckenlos saubere Schüsseln und andere Utensilien für die am Morgen beginnende Arbeit des nächsten Tages bereitgestellt. Die Schmalseite war mit einer Reihe von stählernen Kühlschränken zugestellt.

»Ist das die Küche eines Restaurants?« wollte Carella wissen.

»Ja, sie gehört zur R & M Luncheonette. Ich habe schon bemerkt, daß Sie sich diese Fensterreihe ansahen. Ich bin noch nicht dazu gekommen, die Scheiben zu säubern, aber noch bevor ich hier verschwinde, werden sie fleckenlos sauber sein.«

»Sie sagten, Sie hätten um zehn Uhr mit der Arbeit begonnen?« forschte Carella.

»Stimmt genau. Ich bin hier der Saubermacher. Das Lokal schließt gleich nach dem Abendessen, meistens gegen neun Uhr, oft wird es etwas später. Ich komme um zehn. Mein Name ist übrigens Bill Bailey. Sie machen doch bitte keine Scherze, nicht wahr? Jedesmal, wenn ich irgendwo meinen Namen nenne, werde ich mit dem alten Lied aufgezogen von jenem Bill Bailey, der seiner Frau soviel Kummer bereitet. Ich wünschte nur, ich hätte das Lied selbst geschrieben. Dann wäre ich heute ein reicher Mann.« Bailey kicherte und schüttelte den Kopf. Aber man sah ihm an, daß er das bißchen Berühmtheit genoß, das ihm sein Name verschaffte. »Wie heißen Sie, Sir, wenn ich fragen darf?«

»Ich bin Detective Carella.«

»Sehr angenehm, Sir«, versicherte Bailey beinahe ehrerbietig. Er nahm den Besen in die linke Hand und streckte die rechte aus.

»Sehr angenehm«, sagte Carella ebenso ernst. Sie schüttelten einander die Hände. Für Bailey war das bestimmt ein seltenes Ereignis, daß zu später Nachtstunde ein Detective in die Küche des Lokals geriet. Der alte Mann dehnte den Händedruck, den er sichtlich genoß, so lange wie möglich aus. Schließlich ließ er Carellas Hand los.

»Mr. Bailey?« Carella hob den Kopf.

»Jawohl, Sir?«

»Ich würde gern von Ihnen wissen, ob Sie im Laufe der Abend- und Nachtstunden draußen im Hof jemanden gesehen haben?«

»Eine Person, meinen Sie?«

»Ja, eine Person.«

»Nein, Sir, eine Person habe ich dort draußen nicht gesehen.«

»Was haben Sie denn gesehen?« fragte Carella sofort, dem aufgegangen war, daß Bailey sich so umständlich klar ausdrückte, weil er offensichtlich etwas anderes, nur eben keine Person gesehen hatte.

»Einen Lieferwagen«, sagte Bailey gewichtig.

»Wann war das?«

»Das Fahrzeug kam gegen elf Uhr herein, würde ich sagen. Etwa um diese Zeit.«

»Was für ein Lastwagen war das?«

»Ein weißes Fahrzeug, nicht sehr groß. Ich würde eher sagen, daß es sich um einen Lieferwagen gehandelt hat. Der Fahrer lenkte den

Wagen rückwärts durch die Gasse herein. Bis vor die Feuertür des Hotels. Die anderen Lieferwagenfahrer machen das meistens nicht. Sie kommen vorwärts herein und fahren rückwärts hinaus. Dieser Bursche aber kam rückwärts durch die Gasse.«

»Wieso konnten Sie das sehen?« fragte Carella. »Waren Sie draußen im Hof?«

»Bei diesem Wetter? Nein, Sir«, Bailey schüttelte den Kopf, »ich habe das alles durch die Fenster dort gesehen.« Er deutete mit dem Besenstiel auf die mit Fett bespritzten Fensterscheiben über dem Ofen. Sie befanden sich etwa anderthalb Meter über dem Fußboden. Bailey war ein kleiner, hagerer Mann. Gerade groß genug, um unschwer durch diese Fenster nach draußen zu sehen – wenn sie sauber gewesen wären. Als Carella den Blick über die Scheiben gleiten ließ, war ihm, als habe sich ein Schleier über seine Augen gelegt. Er konnte zur Not an der rechten Seite die Ziegelwand des Nachbargebäudes erkennen. Ganz bestimmt aber war für ihn an der linken Seite die Feuertür des Hotels nicht zu sehen.

»Durch diese Fenster haben Sie einen Wagen gesehen?« fragte Carella ungläubig.

»Jawohl, Sir, ich sah ihn. Und ich weiß auch, was Sie jetzt denken. Sie meinen, ein alter Mann wie ich, mit dieser dicken Brille, kann doch nicht erkennen, was draußen im Hof vor sich geht. Noch dazu, wenn die Fenster so schmutzig sind. Gewiß, Sir, die Fenster sind schmutzig. Das stimmt, aber ich bin seit langem daran gewöhnt. Das macht einen großen Unterschied. Ich sehe draußen im Hof alles mögliche. Vor allem im Sommer, wenn sich manchmal die Zimmermädchen mit den Pagen vergnügen. Im Winter natürlich nicht. Da ist es zu kalt. Die würden sich sicher jetzt dort draußen den Hintern abfrieren. Die meisten Leute vergessen bei einem Brillenträger, mögen seine Gläser auch noch so dick sein, daß diese Gläser eben dazu da sind, seine Fehlsichtigkeit zu korrigieren. Verstehen Sie, was ich meine? Ich kann durch meine Brillengläser ganz prima sehen. Nur wenn ich die Brille abnehme, dann kann ich nichts sehen.«

»Was für eine Art von Last- oder Lieferwagen war es denn?« fragte Carella.

»Er war weiß. Ich dachte an einen Milchlieferwagen. Oder das

Fahrzeug von einer Bäckerei.«

»Ist es üblich, daß um elf Uhr abends noch Waren angeliefert werden?«

»Nein, das erscheint mir auch ungewöhnlich. Jedenfalls habe ich dergleichen bisher nie beobachtet. Vielleicht war es auch der Wagen von einer Wäscherei oder einem Wäscheverleih. Man sollte doch annehmen, daß es bei einem Hotel viel Bett- und Tischwäsche zu holen und zurückzubringen gibt, meinen Sie nicht auch?«

»Mr. Bailey, konnten Sie die Aufschrift auf dem Wagen erkennen?«

»Nein, Sir. Ich habe nur die Rückseite des Fahrzeuges gesehen. Der Fahrer kam ja rückwärts herein. Er hielt ganz nahe bei dem Notausgang.«

»Sie haben niemanden aussteigen sehen?«

»Nein, Sir. Ich schaute nur kurz auf, als ich das Motorengeräusch hörte und habe mich dann gleich wieder meiner Arbeit zugewendet. Zuerst dachte ich nämlich, für uns sollte etwas abgeliefert werden. Das hätte mich einigermaßen in Verlegenheit gebracht. Man läßt mir nämlich niemals Geld hier, damit ich etwaige Lieferungen bezahlen kann, und außerdem ist das noch nie vorgekommen, solange ich hier arbeite. Aber es klopfte niemand an unsere Tür. Also konnte ich daraus schließen, daß der Fahrer des Wagens nicht zu uns wollte. Um die Wahrheit zu sagen, als Sie anklopften, dachte ich zuerst, es wäre doch der Lieferwagenfahrer.«

»Können Sie mir sagen, Mr. Bailey, wann der Lieferwagen weggefahren ist?«

»Das muß gegen elf Uhr dreißig gewesen sein. Ich habe ihn nicht fortfahren sehen, wohlgemerkt, nur gehört, und bei dieser Gelegenheit warf ich einen Blick auf die Uhr. Es war so ungefähr elf Uhr dreißig, mag eine Minute früher oder später gewesen sein.«

»Nun, dann vielen Dank, Mr. Bailey. Sie haben mir sehr geholfen.«

»Möchten Sie eine Tasse Kaffee? Der Topf steht gerade auf dem Ofen.«

»Vielen Dank, nein, ich muß weiter.«

»Es war nett, mit Ihnen zu reden«, sagte Bailey noch und schloß die Tür auf. Carella trat wieder auf den Hof. Der Wind war noch stärker geworden, fuhr ihm durch den Mantel und schien bis ins Knochenmark zu dringen. Alte Zeitungen flogen auf dem Hof umher wie flügelschlagende Fledermäuse. Sie flappten geräuschvoll gegen die Wände ringsumher. Carella ging zur Feuertür und versuchte sie zu öffnen. Aber vom Hof her war das nicht möglich. Es gab keine Klinke. Er steckte das Kinn tief in den hochgeschlagenen Mantelkragen, stopfte die Hände in die Taschen und ging die Gasse hinunter um die Ecke herum zum Vordereingang des Hotels.

4

Unterdessen lief der ganze Polizeiapparat an. Nun saßen die Beamten in den frühen Morgenstunden beschäftigungslos herum. Es waren die leeren, die toten Stunden dieser Nacht. Allerdings war es schon Montag geworden, der 10. November. Aber es kam ihnen vor, als ob immer noch Sonntag sei. Im Gegensatz zu Carellas Absicht und Hoffnung hatte es sich als unmöglich erwiesen, vor dem Hotelpersonal zu verbergen, was geschehen war. Zu viele Polizeibeamte der Spurensicherung bevölkerten den Gang, den Fahrstuhl, die Feuertreppen und das Zimmer selbst. Auch den Hinterhof hatten die Beamten abgesucht. Überall hatten sie ihre Geräte und Apparate aufgestellt, nach Finger- und Fußabdrücken sowie nach Reifenspuren gesucht. Carella blieb nichts anderes übrig, als das Hotelpersonal eindringlich zu warnen, die Presse zu informieren. Dabei deutete er an, daß eine Entführung nicht gerade dem Image des Hotels nützen würde.

Per Funk war eine ausführliche Beschreibung von Augusta an alle Polizeistationen weitergeleitet worden, ferner an die Flugplätze, die Eisenbahnstationen und Bushaltestellen. Ein Telefoto war außerdem den Polizeidienststellen der benachbarten Staaten durchgegeben worden. Ein Beamter der technischen Mannschaft und ein Mann von der Telefongesellschaft, die gemeinsam arbeiteten, hatten das Telefon des Hotelzimmers an einen Recorder angeschlossen. Die Telefongesellschaft war alarmiert worden, daß sie womöglich den Ausgangspunkt des Gespräches feststellen müsse, falls der Entführer anrief. Dabei beriet man, ob nicht auch Klings eigenes Telefon in dessen Wohnung genauso überwacht werden müsse. Man entschied dann, daß er das Hotelzimmer bis in den Vormittag des Montag behalten und dann in seine eigene Wohnung zurückkehren sollte. Bis dahin konnte auch seine Leitung an das Überwachungsnetz und an einen Recorder angeschlossen werden. Im Augenblick blieb den Männern nichts anderes übrig, als zu warten, alle Vorgänge noch einmal zu analysieren und zu überlegen, was der Entführer als nächsten Schritt vorhabe.

Falls es sich um eine Entführung handelte.

Captain Marshall Frick, der das gesamte 87. Revier einschließlich der uniformierten Polizisten, die Kriminalabteilung und die Angestellten unter sich hatte, war offenbar anderer Meinung. »Vielleicht war es auch cin Einbruch«, sagte er. Frick kam in die Jahre, ein Mann, dessen Denkweise so veraltet und umständlich war, wie man es angesichts seines weißen Haares nur erwarten konnte.

»Wieso Einbruch?« fragte Byrnes. Sie saßen alle beieinander in dem Hotelzimmer und warteten nervös auf das Klingeln des Telefons. Kling saß auf der Bettkante, dem Apparat am nächsten. Meyer hatte sich einen Sessel neben dem Recorder ergattert. Er hatte Kopfhörer aufgesetzt. Das heißt, zur Zeit war nur sein linkes Ohr bedeckt. Die andere Hörmuschel hatte er auf die Wange geschoben, um dem Gespräch im Zimmer folgen zu können. Carella hing halb sitzend gegen die Kommode gelehnt. Frick hatte sich den einzigen Sessel mit Seitenlehnen im Zimmer gesichert. Byrnes saß auf dem Stuhl, den er unter der Schreibtischplatte hervorgezogen hatte. »Bei allem Respekt, Marshall, warum sollte ein Einbrecher mit einem Wattebausch voll Chloroform hier hereinkommen?«

»Ich kenne genug Einbrecher, die Chloroform benutzt haben«, erwiderte Frick. »Ich habe sogar erlebt, daß Einbrecher Steaks mitbrachten, um damit den Wachhund zu füttern.«

»Ja – aber, Captain«, wendete Carella ein, »hier ist doch nichts gestohlen worden.«

»Vielleicht wurde der Einbrecher gestört und ist unverrichteterdinge abgezogen«, meinte Frick.

»Gestört wodurch?« warf Carella schnell ein und fügte verspätet hinzu: »Sir?«

»Durch die Frau selbst«, erklärte Frick. »Kling hat uns berichtet, daß er ins Badezimmer unter die Dusche ging. Also ist anzunehmen, der mutmaßliche Einbrecher habe an der Tür gelauscht, im Zimmer keinerlei Stimmen vernommen und daraus geschlossen, daß es leer sei. Er brach das Schloß auf –«

»Es gibt keine Spuren, die auf ein gewaltsames Eindringen hinweisen, Marshall«, erinnerte ihn Byrnes.

»Nun gut, dann hat er eben den Riegel aufgedrückt. Oder vielleicht hatte er auch einen Schlüssel. Wer, zum Teufel, weiß das? In manchen Hotels kann man einfach an die Rezeption treten, den Schlüssel zu irgendeinem Zimmer verlangen und man bekommt ihn ausgehändigt, ohne daß man auch nur seinen Namen nennen muß. Das könnte auch hier geschehen sein. Jedenfalls, mag er hereingekommen sein, wie er will, er war überrascht, als er hier jemand vorfand. Also drückte er der Frau den Chloroformbausch unter die Nase und schleppte sie mit sich fort.«

»Warum das, Sir?« fragte Carella.

»Weil sie ihn gesehen hat und ihn identifizieren könnte, darum«, gab Frick kurz zurück.

»Sie meinen also, er hatte den Chloroformbausch schon bereit, als er eintrat?«

»Das könnte doch sein.«

»Obwohl er erwartete, niemanden vorzufinden?«

»Doch, es ist möglich«, beharrte Frick. »Es ist durchaus möglich, daß der Vorgang so gewesen ist.«

»Marshall, das sieht mir doch mehr nach einer Entführung aus«, wendete Byrnes ein, »ich bin ehrlich der Ansicht, daß wir es hier nicht mit einem Einbruch zu tun haben.«

»Wo bleibt dann der Anruf wegen des Lösegeldes?« fragte Frick zurück. »Es ist jetzt vier Uhr morgens, die Frau ist hier gegen elf Uhr dreißig weggeholt worden, wo bleibt der Anruf?«

»Wird schon noch kommen«, sagte Byrnes.

»Wenn dies mein Fall wäre, würde ich zunächst einmal alle bekannten Hoteleinbrecher überprüfen. Dabei ließe sich schnell herausfinden, welche Einbrecher während der letzten Monate in den

Hotels der Innenstadt gearbeitet haben. Und welche von ihnen als Teil ihrer Arbeitsmethode chloroformgetränkte Wattebäusche bei sich führten.«

»Marshall, bei allem Respekt«, warf Byrnes ein, »ich habe in all meinen Jahren als Polizeibeamter niemals davon gehört, daß Einbrecher Chloroform als Bestandteil ihrer Arbeitsmethode verwendet hätten. Steaks für die Hunde, ja. Sogar Hamburger. Davon habe ich schon gehört, aber mir ist nicht bekannt, daß Einbrecher mit Chloroformbäuschchen gearbeitet hätten.«

»Aber ich habe schon davon gehört«, beharrte Frick auf seiner Meinung.

»Wo?« wollte Byrnes sofort wissen.

»Als ich damals in Philadelphia Dienst tat.«

»Nun, in Philadelphia ist alles möglich.«

»Ja, und es kommt immer noch vor«, belehrte ihn Frick.

»Hier sieht aber alles nach einer echten und richtigen Entführung aus«, vertrat Byrnes seine Meinung. »Und ich habe meine Beamten angewiesen, den Fall als solchen zu behandeln.«

»Das ist Ihre Abteilung, und Sie können da machen, was Sie wollen«, gab Frick spitz zurück. »Ich habe lediglich meine Meinung zur Debatte gestellt.«

»Vielen Dank dafür, Marshall. Ich fühle mich Ihnen zu Dank verpflichtet.«

»Nicht der Rede wert«, winkte Frick ab.

Während er diesem Gespräch lauschte, kam Kling zu der Ansicht, daß Frick längst in den Ruhestand gehörte. Oder einbalsamiert. Der Mann redete, als spielte er eine Rolle in einer haarsträubenden Funkstreifengeschichte im Fernsehen und nicht wie jemand, der Chef eines ganzen Polizeireviers war. Der Captain schien nunmehr willens, eine andere Spur aufzunehmen. Anscheinend hatte er sich davon überzeugen lassen, daß hier kein geplanter Einbruch vorlag und daß womöglich doch eine Entführung dahintersteckte. Deshalb berichtete er von einer völlig absurden Geschichte.

»Ich hatte mal in Philadelphia einen Fall. Ein Mann entführte seine eigene Frau, um vom Schwiegervater Geld zu erpressen. Die verrückteste Sache, die mir je untergekommen ist. Wir haben drei

Tage und drei Nächte daran gearbeitet, bevor wir darauf kamen, daß –«

»Sir«, fiel ihm Carella ins Wort, »das bringt mich auf die Idee, vielleicht Kling ein paar Fragen zu stellen.«

»So?« sagte Frick.

»Mir ist nämlich aufgegangen, Sir, daß wir womöglich in der Gefahr sind, diesen Fall nicht ganz normal und nach den Richtlinien zu behandeln, eben weil Kling einer von uns ist.«

»Nun, Sie können natürlich machen, was Sie wollen«, sagte Frick, aber sein Ton verriet, daß er sich verletzt fühlte. Er zog sich mürrisch tiefer in den Sessel zurück.

»Bert, wir kennen dich, aber wir tun jetzt einmal so, als gehörtest du nicht zu uns«, wendete sich Carella an den Kollegen. »Wir waren uns schon klar darüber, daß kein halbwegs vernünftiger Mensch ein hohes Lösegeld von einem schlecht bezahlten Polizisten erwarten könnte. Wir haben auch schon daran gedacht, daß womöglich Augustas Vater das eigentliche Ziel darstellt. Okay, da hätte ich eine Frage. Hast du irgendwo größere Geldsummen vielleicht gewonnen oder geerbt, die du irgendwo versteckt hältst und von denen wir nichts wissen? Gibt es irgend etwas, das den Entführer –«

»Wir haben zusammen dreitausend Dollar auf der Bank«, gab Kling bereitwillig Auskunft. »Wir unterhalten ein gemeinsames Konto. Das ist alles Geld, das übrigblieb, nachdem wir die neue Wohnung eingerichtet hatten.«

»Da bestünde immer noch die Möglichkeit«, fiel Meyer ein, »daß irgendwer es sich in den Kopf gesetzt hat, Augusta sei reich. Weil sie doch ein hochbezahltes und weithin bekanntes Modell ist?«

»Ja, das dürfen wir nicht außer acht lassen«, gab Byrnes zu.

»Bert, ich möchte dir ein paar Fragen stellen, die ich in einem solchen Fall jedem Betroffenen stellen würde. Okay?« fuhr Carella fort. »Wir vergessen mal für den Augenblick, daß du selbst ein erfahrener Kriminalbeamter bist. Du hast dir wahrscheinlich schon die gleichen Fragen vorgelegt, laß sie mich aber noch einmal laut wiederholen. Okay?«

»Nur zu«, nickte Kling. Er warf einen Blick zu Captain Frick herüber, der offensichtlich eingeschnappt in seinem Sessel hing. Er runzelte die Stirn und hielt die Hände über dem vorspringenden Bauch gefaltet. Zum Teufel mit dir, dachte Kling, es handelt sich um meine Frau.

»Also, Bert, hast du oder hat Augusta während der letzten Wochen Drohanrufe bekommen oder Briefe etwa dieser Art?«

»Nein.«

»Hat es bei Augustas Agentur irgend etwas Ungewöhnliches gegeben . . . Es handelt sich um die Cutler-Agentur, nicht wahr?«

»Ja«, sagte Kling.

»Das ist die größte Agentur für Fotomodelle in der Stadt«, erklärte Byrnes an Frick gewandt, in dem Versuch, ihn zu besänftigen. Frick hatte für die Auskunft nur ein kurzes Nicken übrig.

»Gibt es bei der Agentur jemanden«, fuhr Carella fort, »vielleicht eine von den anderen Frauen, womöglich die Cutlers selbst, die aus irgendeinem Grund etwas gegen Augusta haben könnten? Vielleicht berufliche Rivalität oder Eifersucht oder was auch sonst? Ist Augusta zum Beispiel öfter gebucht worden als andere Mädchen? Oder, was weiß ich, hat sie vielleicht wesentlich mehr Geld als andere verdient? Über diese Dinge weißt du doch besser Bescheid als wir, Bert, sicherlich hast du doch mit ihr über die Arbeit gesprochen, nicht wahr? Hat es in dieser Richtung etwas gegeben? Fällt dir da was ein?«

»Nein«, schüttelte Kling den Kopf. »Du kennst sie doch, Steve. Sie ist wirklich ein fabelhaftes Mädchen, und alle mögen sie leiden. Das hört sich an, als wollte ich mit ihr angeben, ich weiß, aber –«

»Nein, Nein.«

»– wirklich, es ist die Wahrheit.«

»Das bringt mich auf einen Gedanken«, warf Meyer ein.

»Ja?«

»Angenommen, der Täter wäre jemand, der einen Haß auf Bert hat. Vergessen wir einmal Augusta. Angenommen, daß im Hintergrund jemand steckt, der es auf *Bert* abgesehen hat.«

»Junge, damit öffnen sich ganz neue Wege«, ließ sich Byrnes vernehmen.

»Wegen einer Festnahme?« fragte Frick plötzlich.

»Was?« fragte Meyer zurück.

»Vielleicht will sich jemand an ihm rächen, den er einmal festgenommen hat.«

»Ja, Sir, diesen Gedanken hatte ich auch.«

»Das wäre eine echte Möglichkeit«, nickte Frick, der immer noch die Hände über dem Bauch gefaltet hielt. »Mir sind viele solche Fälle bekannt. Schon so mancher Polizist wurde wegen seiner Verhaftung, die er vorgenommen hatte, hinterher bedroht oder sogar angegriffen, oder man rächte sich an seiner Familie. Das ist ein guter Gedanke. Pete, wenn ich mich da einmischen darf . . .«

»Bitte, nur zu, Marshall.«

»Ich würde es gern sehen, wenn ein Mann damit beauftragt würde, die Akten durchzusehen und herauszusuchen, welche Verhaftungen Kling in letzter Zeit vorgenommen hat. Lassen Sie feststellen, wer sich noch im Gefängnis befindet, wer entlassen worden ist usw. Das ergibt bestimmt eine Reihe von Namen und Adressen. Es ist zwar ein Schuß ins Blaue, aber er könnte treffen. Das ist ein sehr guter Gedanke, Meyer.«

»Vielen Dank, Sir«, sagte Meyer.

»Wirklich ein sehr guter Gedanke«, fügte Frick hinzu und lächelte, als habe er die Idee selbst gehabt.

»Bert«, forschte Carella weiter, »hast du überhaupt jemandem anvertraut, wo ihr die Hochzeitsnacht verbringen wolltet?«

»Niemandem. Nur Augusta und ich wußten Bescheid.«

»Dann muß euch jemand von der Rezeption herauf gefolgt sein. Ich meine, unten von der Halle her.«

»Das müßte er wohl, ja«, meinte Kling.

»Woraus sich schließen läßt, daß der Betreffende gleichfalls in oder an der Rezeption gewesen ist.«

»Ja.«

»Könnten wir eine Liste bekommen von allen Leuten, die zur Hochzeit eingeladen waren?« fragte Byrnes.

»Ja – aber, Lieutenant, wir hatten rund zweihundert Leute auf der Liste.«

»Das ist mir bekannt.«

»Und außerdem handelt es sich durchweg um Freunde. Ich wüßte wirklich nicht –«

»Darauf sollte man sich niemals verlassen«, mischte sich Frick ein.

»Man hat mit Freunden schon sein blaues Wunder erlebt.« Er nickte voll ernsthafter Zufriedenheit, als habe er jetzt einen sehr originellen Gedanken geäußert.

»Wo ist also die Liste?« fragte Byrnes.

»In meiner Wohnung. In meiner alten Wohnung. Wir haben noch nicht alle Möbel in die neue gebracht. Die Liste befindet sich im oberen Schubfach der Kommode unmittelbar über dem Schlüssel. Und die Kommode steht am Fenster links, wenn man hineinkommt.«

»Hast du einen Schlüssel, den wir benutzen könnten?«

»Ja, aber –«

»Ich will damit keineswegs unterstellen, daß deine Freunde . . .«

»Wir suchen doch nur irgendeinen Anhaltspunkt, Bert«, griff Carella beruhigend ein.

»Das weiß ich, Steve.«

»Weil wir nämlich nicht die geringste Ahnung haben, wo wir anfangen sollten, Bert, bis das Telefon klingelt . . .«

»Mir ist da gerade noch etwas eingefallen«, ließ sich Meyer vernehmen.

»Was denn?« rief Frick und beugte sich plötzlich nach vorn.

Meyers vorheriger Gedankenblitz hatte ihn offenbar mächtig beeindruckt. Frick hatte längst vergessen, worum es sich da gehandelt hatte, und er war jetzt begierig zu hören, was Meyer denn noch vorzubringen habe.

»Nun, hast du nicht vor einiger Zeit einen Zeitungsausschnitt im Büro herumgezeigt? Etwas wie eine Vorschau auf eure Hochzeit?«

»Das stimmt, das habe ich gemacht«, sagte Kling.

»Augustas Bild war oben auf der Spalte abgedruckt . . .«

»Ich begreife, worauf du hinauswillst«, nickte Kling, »das stimmt. Unsere Hochzeit wurde unter den Gesellschaftsnachrichten mit Datum und Zeit angegeben . . .«

»Stand auch der Name der Kirche darin?« fragte Carella.

»Ja.«

»Also zieht sich der Kreis immer weiter. Jedermann konnte der Zeitung entnehmen, wann und wo ihr getraut wurdet.«

»Jeder, der lesen kann«, meinte Byrnes.

»Demnach konnte jemand, der aus der Zeitung wußte, wo die

Trauung stattfand, euch von der Kirche zum Hotel und in die Halle gefolgt sein.«

»Immerhin hätte sich dieser Jemand an der Rezeption näher erkundigen müssen«, wendete Meyer ein.

»Ach so? Welches Zimmer für das Brautpaar reserviert war. Ganz recht.«

Die Kriminalbeamten rollten das Thema von allen Seiten auf, beinahe als wäre Kling nicht bei ihnen im Zimmer. Früher hatte er oft an solchen Sitzungen teilgenommen, aber jetzt saß er nur beobachtend dabei und hörte zu wie ein Fremder, während seine Kollegen eine Art Drehbuch über das zusammenstellten, was geschehen sein konnte, um danach den eigenen Aktionsplan aufzustellen.

»Er hat also den Lieferwagen am Hintereingang geparkt . . .«

»Ein weißes Fahrzeug. Meint ihr, wir sollten eine Suchmeldung herausgeben?«

»Das kann sich um jede Art von weißem Fahrzeug gehandelt haben. Bailey hat nicht einmal das Nummernschild gelesen.«

»Erstaunlich, daß er den Wagen überhaupt gesehen hat. Denn nach deiner Beschreibung waren die Fenster ziemlich verschmiert.«

»Jedenfalls muß es so gewesen sein. Der Wagen wurde im Hinterhof geparkt. Dann ist der Mann um das Hotel herum zum Eingang gegangen. Durch die Feuertür konnte er nicht hinein, denn sie hat von außen keine Klinke.«

»Dann ging er also an die Rezeption und fragte nach Mr. und Mrs. Kling.«

»Oder aber er nahm einfach das Haustelefon und ließ sich die Zimmernummer auf diesem Wege sagen.«

»Dann sollten wir uns besser unten erkundigen, ob der Portier einen Schlüssel herausgegeben hat, nachdem Bert und Augusta das Zimmer gemietet hatten.«

»Ich möchte mir trotzdem noch einmal die Einladungsliste vornehmen, Bert.«

»Und es wäre eine gute Idee, wenn wir auch daran festhielten, noch einmal die Liste derer durchzugehen, die Bert festgenommen hat.«

»Und dann möchte ich gern, daß ihr alle eure Spitzel vornehmt.

Wenn da eine simple Rache dahintersteckt . . .«

»Gewiß, dann existiert darüber in der Unterwelt vielleicht ein Gerücht.«

»Wann hast du Danny Gimp zuletzt gesehen, Steve?«

»Das ist lange her.«

»Knöpf ihn dir vor, und ein anderer sollte sich mit Fats Donner in Verbindung setzen. Meyer, du wirst hier sitzen bleiben und den Recorder bedienen, falls das Telefon klingelt?«

»Gewiß, Loot.«

»Ich werde später jemand schicken, der dich um acht Uhr ablöst. Wie spät ist es denn überhaupt?«

Sie drehten sich alle zum Fenster um. Über den Dächern der Stadt zog grau und trostlos die Dämmerung herauf.

Sie hatte jeden Zeitsinn verloren und wußte nicht, wie lange sie ohnmächtig gewesen war. Ihrer Meinung nach mußten mehrere Stunden vergangen sein seit dem Augenblick, da er ihr das mit Chloroform getränkte Wattestück über Nase und Mund gepreßt hatte. Sie lag mit hinter dem Rücken gefesselten Händen auf dem Fußboden. Auch ihre Knöchel waren gefesselt. Ihre Augen waren geschlossen. Sie fühlte, daß Wattebäusche gegen ihre Augen gedrückt und mit Klebeband festgemacht worden waren. Ein Lappen war ihr in den Mund gestopft worden. Sie konnte nur hoffen, daß sie daran nicht ersticken würde. Dann war ein Knebel darüber gelegt und wiederum mit Klebeband oder einer Binde befestigt worden. Sie konnte weder sehen noch sprechen. Deshalb lauschte sie aufmerksam auf das leiseste Geräusch. Aber es war überhaupt nichts zu hören.

Augusta erinnerte sich . . . der Mann hatte in der rechten Hand ein Skalpell gehabt. Als die Zimmertür aufgeklinkt wurde, hatte sie sich herumgedreht. Der Mann kam raschen Schrittes quer durch den Raum auf sie zu. Im Schein der Lampe auf der Kommode sah sie das Skalpell glitzern. Der Eindringling trug einen grünen Mundschutz, wie Ärzte bei einer Operation. Die Augen waren rasch einmal durch das Zimmer geschweift, während sie sich bereits auf dem Wege fort vom Koffer und zur Badezimmertür hinüber befand. Kurz davor fing er sie ab, packte sie von hinten und zog sie an sich heran. Augusta öffnete den Mund, um zu schreien, aber er hatte seinen linken Arm jetzt fest um ihre Hüfte geschlungen und plötzlich die rechte mit dem Skalpell erhoben, um damit nach ihrer Kehle zu zielen. Sie spürte den scharfen Stahl der Klinge am Hals und hörte ihn nur ein einziges Wort flüstern: »Still!« Aus dem beabsichtigten Hilfeschrei wurde nur ein hilfloses Winseln, das vom Geräusch der Dusche übertönt wurde.

Gleich darauf zerrte er sie rücklings zur Tür. Dort drehte er sie plötzlich herum, drängte sie an die Wand, wobei er immer noch das Skalpell vor ihren Hals hielt. Mit der linken Hand griff er in die Manteltasche. Sie sah den Wattebausch gerade noch, bevor er ihr über Nase und Mund gepreßt wurde. Der Geruch des Chloroforms war ihr schon als Kind zuwider gewesen, als man ihr die Mandeln entfernt hatte. Augusta drehte den Kopf, um dem betäubenden Geruch zu entgehen. Abermals fühlte sie das Skalpell, das jetzt ihr Fleisch berührte. Das erinnerte sie an die Gefährlichkeit dieses Messers und wie schnell und tief es schneiden konnte. Augusta bekam Angst, sie könnte ohnmächtig werden und nach vorn in die scharfe Klinge fallen. Eine Weile wehrte sie sich gegen die aufkommende Benommenheit. Aber das Geräusch aus der Dusche erschien ihr auf einmal unnatürlich laut. Ihr war, als schlügen Brandungswellen gegen eine einsame Küste. Woge um Woge krachte in endloser Wiederholung heran. Spritzer schäumten auf und gegen ihre Stirn. Dann war ihr, als riefe hoch oben in der Luft, so daß man den Ton kaum noch vernahm, eine Möwe. Aber vielleicht war es auch nur ihr eigener unterdrückter Schrei gewesen.

Nun lag Augusta da und lauschte.

Sie hörte nichts und schloß daraus, daß sie allein sei. Dessen durfte sie jedoch nicht sicher sein. Lautlos begann sie hinter der Augenbinde zu weinen.

5

Polizei und Gerichtsbarkeit geben nicht gern zu, daß Spitzel eine wichtige Rolle bei der Verbrechensaufklärung spielen. Dafür gibt es eine Reihe von Gründen. Zunächst einmal wird ein Spitzel bezahlt.

Und zwar immer in bar. Arbeitet so ein Mann für das FBI oder das Schatzamt oder für andere hohe Behörden, bekommt er manchmal sehr viel Geld ausbezahlt und wird obendrein vor Verhaftungen und sogar gerichtlichen Verfolgungen geschützt. Ein guter Spitzel ist manchmal mehr wert als ein guter Polizist. Es ist sogar schon vorgekommen, daß man einen guten Polizisten einfach fallen ließ, um einen guten Informanten zu schützen. Das Geld für die Belohnung dieser Leute kommt aus einem schwarzen Fonds, der immer wieder aus Steuergeldern aufgefüllt wird. Ganz egal, ob man das eine »kleine Kasse« oder einfach »Schwund« oder »Blumenkasse« oder anders nennt, jedenfalls stammen diese Summen bestimmt nicht aus den eigenen Taschen der hart arbeitenden Polizeibeamten. Es ist immer der Steuerzahler, der dafür aufkommt. Das ist einer der Hauptgründe, weshalb Polizisten, Agenten, Inspektoren und andere Beamte nur zögernd ihre Abhängigkeit von den Spitzeln zugeben. Die Steuerzahler brauchen davon nichts zu wissen. In ihren Augen sind Spitzel sowieso nur Ratten.

Und ein Informant ist wirklich eine Ratte. Kein Mensch in der Welt mag Ratten leiden. Deshalb neigen Steuerzahler zu der Ansicht, Ratten sollten nicht auch noch für ihr rattenhaftes Verhalten belohnt werden. Selbst kleinen Kindern wird beigebracht, keinen Respekt vor Petzern zu haben. In der Unterwelt hat man natürlich vielerlei gegen solche Petzer und Spitzel. Viele von ihnen sind schon tot aufgefunden worden, wobei die Mörder sie mit symbolischen Markierungen – zum Beispiel mit kreuzweisen Schnitten auf den Wangen – versehen hatten. Natürlich kommt es vor, daß ordentliche und brave Bürger aus Furcht vor der Rache der Unterwelt keine Anzeige erstatten, wenn sie zufällig Zeugen eines Verbrechens werden. Hinzu kommt noch die offensichtlich seit langem überkommene Abneigung des Durchschnittsbürgers dagegen, ein Geheimnis preiszugeben. Mag auch dieses Geheimnis die Identität eines Mörders schützen. Selbst dann empfindet der Durchschnittsbürger eine Anzeige bei der Polizei als unanständig. Spitzel kennen solche Skrupel nicht. Ihre einzige Sorge ist, daß man sie nicht zufällig im Gespräch mit einem Polizeibeamten sieht oder gar belauscht. Die Polizeibeamten vom 87. Revier wußten nur zu gut, daß Spitzel in ständiger Lebensgefahr sind und waren daher bereit, ihren Informanten auf mehr als dem halben Wege entgegenzukommen.

Deshalb saß am Montag morgen um zehn Uhr Detective Steve Carella auf einer Bank mitten im Grover Park, wo er auf Danny Gimp wartete. Es nieselte. Der feine Regenschleier war kalt. Hinter den Felsen und aus den Gräben erhoben sich Nebelschwaden. Die Bäume streckten ihre blattlosen Äste und Zweige wie in stummer Trauer zu dem trostlos grauen Himmel empor. Von der Straße jenseits des Parks hörte man das Zischen der Autoreifen auf dem nassen Pflaster. Carella zog sein Taschentuch, schneuzte sich die Nase und steckte das Tuch wieder weg. Seine Nase war kalt. Er warf einen Blick auf die Uhr. Zwei Minuten waren erst vergangen, seit er zuletzt darauf geschaut hatte. Danny Gimp war im allgemeinen sehr pünktlich. An diesem Morgen hatte er indessen auf einem zweiten Treffpunkt bestanden, aus Sicherheitsgründen. Er hatte Carella gesagt, wenn er ihn nicht auf der bezeichneten Bank bis fünfzehn Minuten nach zehn antreffen könne, wäre er in der Nähe der Statue von General Pershing an der anderen Seite des Parks zu treffen, und zwar Punkt elf Uhr. Carella hatte sich zwar darüber gewundert, aber Danny wollte ihm am Telefon keine weiteren Einzelheiten sagen. Es kam selten vor, daß Informanten zwei unterschiedliche Treffpunkte ausmachten. Dieser Beruf bot zwar wirkliche Risiken. Aber er hatte dennoch wenig oder gar nichts mit der komplizierteren Welt der internationalen Spionage zu tun.

Danny erschien genau vierzehn Minuten nach zehn. Carella hatte sich gerade entschlossen, die Bank zu verlassen. Der Mann trug einen schäbigen braunen Mantel, braune Hosen und ebensolche Schuhe, dazu weiße Socken. Einen Hut hatte er nicht auf, dafür einen Spazierstock in der Hand. Carella fiel zum erstenmal auf, daß Dannys Haar sich sehr gelichtet hatte. Hinkend näherte er sich der Bank. Auch das Hinken war schlimmer und deutlicher geworden, seit sie sich zuletzt gesehen hatten. Zwischen ihnen bedurfte es nicht vieler Worte. Sie kannten einander seit langer Zeit und respektierten die Symbiose, die ihre Zusammenarbeit ermöglichte. Sie nannten einander beim Vornamen und begrüßten sich wie alte Freunde, die sich nach längerer Trennung zufällig treffen. Vielleicht waren sie wirklich

Freunde. Darüber hatte keiner von ihnen viel nachgedacht. Im allgemeinen betrachteten sie sich gegenseitig als Geschäftspartner.

»Ein scheußliches Wetter, wie?« begann Danny.

»Miserabel.«

»Wie ist es dir ergangen, Steve?«

»Okay. Und dir?«

»Das Bein macht mir bei solchem Wetter immer Schwierigkeiten. Ich bin zu früh geboren worden, Steve. Wenn es damals schon eine Schluckimpfung gegeben hätte, wäre mir die Kinderlähmung erspart geblieben, nicht wahr?« Er zuckte mit den Schultern. »Nun, was kann man da machen? Eigentlich müßte ich nach Arizona auswandern oder in ein anderes warmes Land. Dieser verdammte feuchte Regen geht mir immer in alle Knochen. Aber Schluß damit. Wer mag schon mein Gejammer hören. Was gibt es denn, Steve?«

»Warum hattest du einen zweiten Treffpunkt ausgemacht, Danny?«

»Ach, ohne bestimmten Grund. Ich werde nur auf meine alten Tage vorsichtiger als früher. Das ist alles.«

»Ist jemand hinter dir her?«

»Nein, nein. Hör mal, ach ja, ich will dir die Wahrheit sagen. Da gibt es jemand, der meint, ich hätte ihn verpetzt. Da geht so ein Gerücht um, der Kerl wolle mir das andere Bein brechen, sobald er mich zu fassen bekäme. Er meint, ich hinke, weil ich mir das Bein früher einmal gebrochen hätte. Von Kinderlähmung hat er noch nichts gehört. Spaßig daran ist nur, daß ich niemals ein Wort über diesen Kerl zu irgendwem gesagt habe. Das schwöre ich bei Gott.«

»Wer ist der Kerl?« wollte Carella wissen.

»Er heißt Nick Archese, ein kleiner Falschspieler; ich werde dir die Wahrheit sagen, Steve, siehst du diesen Spazierstock hier? Hast du mich schon jemals mit einem Spazierstock gesehen?«

»Ich könnte mich nicht erinnern.«

»Nun, dieser Stock ist ganz neu, denn genau genommen ist es ein Stockdegen. Möchtest du den Degen mal sehen?«

»Nein«, lehnte Carella ab.

»Wenn Archese hinter mir her ist oder mir gar einen von seinen Schlägern auf den Hals schickt, dann mache ich Salami aus ihm. Das kann ich dir versprechen. Ganz bestimmt werde ich nicht stillhalten, wenn so ein Lumpenkerl mir auf den Knochen herumtrampelt.«

»Soll ich ihm einen Schrecken einjagen?«

»Wie willst du das machen, Steve? Du greifst ihn auf, schubst ihn ein bißchen herum, und er weiß sofort, daß ich für euch arbeite. Stimmt das nicht? Das macht die Sache nur schlimmer. Kümmer dich nicht drum, ich kann schon auf mich selber aufpassen. Nur wenn du jemanden findest, der ein paar Degenstiche abbekommen hat, dann suche bitte nicht nach mir. Okay?«

Danny lachte und fuhr dann fort: »Also, worum geht es? Was kann ich für dich tun?«

»Du kennst doch Bert Kling?« sagte Carella. »Hast du jemals für ihn gearbeitet?«

»Ja, gewiß, das ist doch der große Blonde.«

»Stimmt. Gestern hat er geheiratet.«

»Dann übermittle ihm meine Glückwünsche.«

»Danny, jemand hat gestern abend die Braut aus ihrem Hotelzimmer entführt.«

»Wie soll ich das verstehen?«

»Genau wie ich das sage.«

»Das muß doch wohl ein Schwachsinniger getan haben«, regte sich Danny auf. »Einem Polizisten die Frau entführen? Der muß doch total verrückt sein.«

»Oder vielleicht auch nur wütend. Wir gehen seit heute früh Klings Akten durch und stellen fest, wen er alles festgenommen hat. Aber, Danny, er hat eine ganze Menge Leute verhaftet und ins Gefängnis gebracht. Wir müßten einen Monat lang suchen, wenn wir alle diese Kerle aufspüren wollen, die inzwischen ihre Strafe verbüßt haben oder auf Bewährung freigelassen worden sind. Immerhin sieht es bei zweien von diesen Kerlen aus, als kommen sie möglicherweise in Frage. Wir möchten jetzt gern herausfinden, was sie in letzter Zeit getrieben haben.«

»Wie sind die Namen?« fragte Danny.

»Der erste heißt Manny Baal. Kling hat ihn vor langer Zeit wegen schweren Raubes eingelocht. Der Mann bekam zehn Jahre, hat die volle Zeit abgesessen und nicht einmal für einen kleinen Rest Bewährung bekommen, weil er ein ganz übler Bursche ist. Bei der Urteilsverkündung hat er damals geschworen, er werde Kling eines Tages umbringen. Okay, vorigen Monat ist er endlich aus dem Gefängnis entlassen worden, und wir wissen nicht, wo er jetzt steckt.«

»Manny Baal, so?«

»So heißt er.«

»Wie buchstabiert man das?«

»B-a-a-l.«

»Und der Vorname, kommt er von Manuel?«

»Nein, von Manfred.«

»Okay. Und wer ist der andere?«

»Der andere heißt Al Brice. Kling hat ihn vor etwa drei Jahren ausgerechnet am Weihnachtsabend hochgehen lassen. Auch er käme in Betracht, Danny.«

»Wieso?«

»Kling hat seinen Bruder erschossen.«

»Dazu möchte ich ein paar Einzelheiten hören.«

»Kling verabredete sich hin und wieder mit einem Mädchen, dessen Freund in Castleview einsaß. Die Brice-Jungen waren mit diesem Verbrecher befreundet und hatten ihm versprochen, sich um das Mädchen zu kümmern, solange er eingesperrt war. Also fielen sie eines Abends über Kling her und verprügelten ihn. Dabei brachen sie ihm sogar eine Rippe. Am Weihnachtsabend wollte er sie festnehmen. Die Brüder hatten irgendwo an der South Side eine Hähnchenbraterei. Bei der Festnahme leisteten sie Widerstand. Kling mußte einen von ihnen niederschießen. Der andere wurde wegen tätlichen Angriffes auf einen Polizeibeamten verurteilt. Die Sache brachte ihm zweieinhalb Jahre ein. Kling ist nämlich Polizist, und Richter mögen es gar nicht gerne, wenn ihren Polizeibeamten die Schädel eingeschlagen werden. Auch er hat seine volle Zeit abgesessen und ist im Juni herausgekommen.«

»Und du meinst jetzt, er würde sich an Kling rächen wollen?«

»Er hätte guten Grund dazu.«

»Warum vergreift er sich dann an Klings Frau?«

»Wer kann das wissen, Danny? Wir gehen jeder nur denkbaren Spur nach. Bis jetzt haben wir noch nicht einen Piep von dem gehört, der es getan hat.«

»Das klingt aber wenig nach Entführung. Nicht wahr?«

»Ja . . ., manchmal rücken die Burschen erst nach tagelangem Warten mit ihrer Lösegeldforderung an.«

»Hm«, machte Danny. »Wie wird der Name dieses Burschen buchstabiert?«

»B-r-i-c-e.«

»Al mit Vornamen sagtest du?«

»Ja.«

»Stammt das von Alfred oder Albert?«

»Albert.«

»Okay, ich werde mich mal umhören. Sonst noch etwas?«

»Die Sache ist eilig, Danny. Bisher tappen wir völlig im dunkeln.«

»Okay, ich werde sehen, was ich aufschnappen kann«, versprach Danny.

»Hast du noch genug Geld?«

»Ich könnte einen Zwanziger gebrauchen, wenn du das nicht für aufdringlich hältst.«

Carella zog die Brieftasche und reichte Danny zwei Zehndollarnoten. »Und wegen des Kerls, der dir Schwierigkeiten macht . . .«

»Mit dem werde ich schon fertig. Mach dir deswegen keine Sorgen«, wehrte Danny ab. »Willst du dir wirklich nicht einmal meinen Stockdegen ansehen?«

Der Mann, mit dem sich Hal Willis verabredet hatte, war eine ganz andere Sorte Spitzel. Er hieß Fats Donner. Ein ausgezeichneter Informant, aber ein schrecklicher Kerl. Willis mochte ihn nicht leiden. Den anderen Detektiven des Reviers ging es genauso. Aber er hatte schon bei unterschiedlichen Fällen unzählige wertvolle Informationen geliefert, also mußte man ihn dulden. Sogar seine Vorliebe für das türkische Dampfbad nahm man hin.

Um zwölf Uhr an diesem Montag fand Willis den Spitzel Donner in einer Sauna mit Massagesalon an der Ecke Culver und zehnter Straße. Seit neun Uhr morgens hatte er ihn ausfindig zu machen versucht. Der Reihe nach hatte er alle türkischen Dampfbäder und auch die anständigen Saunas abgesucht, bis ihm einfiel, es einmal dort zu versuchen, wo man Dampf mit Sex vermischte. Aus irgendeinem Grunde, vielleicht weil Donner es mit seiner Gewichtsabnahme wie ein religiöser Fanatiker hielt, kam Willis überhaupt nicht auf die Idee, daß er diesen geheiligten Zweck mit irgend etwas anderem in Verbindung bringen konnte. Sex selbst in der schlichtesten Form erschien Willis als etwas, das Donner sicherlich nur privat und wenn möglich pervers genießen würde (denn er fand allzuviel Geschmack an allzu jungen Mädchen), aber nicht in einem öffentlichen Bad, wo er doch eigentlich nur ein paar Pfunde loswerden wollte.

Das Unternehmen nannte sich »Arabische Nächte«, und Willis wurde in der Eingangsdiele von einem muskulösen Neger begrüßt, der in roten Samthosen steckte. Dazu trug er eine schwarze Samtweste mit Goldbordüren an den Armlöchern. Von seinem roten Fez baumelte ein Troddel, während sein rechtes Ohrläppchen mit einem goldenen Ring verziert war.

»Willkommen in den ›Arabischen Nächten‹«, sagte der Mann mit einem so schweren Jamaica-Akzent, daß sofort alle orientalischen Illusionen verflogen. »Möchten Sie in den Königsharem, Sir?«

Willis zeigte dem Mann seine Polizeimarke.

»Hier gibt es nur Massage und Sauna, sonst gar nichts«, sagte der Neger sofort.

»Sicher«, entgegnete Willis.

»Sie können sämtliche Räume durchsuchen. Wenn Sie eines unserer Mädchen bei unprofessionellen Aktivitäten vorfinden –«

»Und was ist die professionelle?« fragte Willis.

»Ich meine es ernst, Herr Polizist. Wir sind absolut sauber. Massage und Sauna, sonst gar nichts.«

»Ich sagte schon, daß ich Ihnen glaube, denn ich suche nur Fats Donner. Kennt ihr den zufällig?«

»So ein riesengroßer, dicker Kerl?«

»Könnte er sein.«

»Den finden Sie in der Sauna am Ende des Korridors; ich würde vorschlagen, Sie ziehen sich aus und nehmen ein Handtuch mit, Sir. Denn da drinnen kann es mächtig heiß werden.«

»Danke schön, wird gemacht.«

»Wenn Sie durch den Harem gehen, finden Sie gleich jenseits der

Tür Schrankfächer.«

»Vielen Dank«, sagte Willis noch einmal.

Der Harem wurde von einem Dutzend Mädchen unterschiedlichen Alters, unterschiedlicher Größen, Farben und Figuren dekoriert. Die Hälfte von ihnen trug blonde Perücken, denn von altersher geht das Gerücht, daß Männer Blondinen bevorzugen, wenn sie in einen Massagesalon gehen. Eins oder auch zwei von den Mädchen waren ausgesprochen hübsch. Sie trugen alle durchsichtige Hourihosen, goldene Ketten an den Fußknöcheln und schwarze Samtwesten, ähnlich der, die der Neger in der Empfangshalle anhatte. Unter den offenen Westen war nichts außer nacktem Fleisch zu sehen. Busen aller Arten und Größen, von kaum sichtbaren bis zu riesig vorspringenden, begrüßten Willis, als er den Raum betrat und sich die Mädchen ihm zuwendeten.

»Ich gehe hier nur durch«, erklärte er.

»Also nichts zu verdienen«, erklärte eines von den Mädchen.

Er zog sich in dem Zimmer aus, wo es ein Dutzend Wandschränke ohne Schlösser gab. Von einem ordentlichen Stapel gegenüber der Wandschränke nahm er ein Badetuch mit, das er sich fest um die Hüften wickelte. Dann machte er sich auf den Weg zur Sauna am Ende des Korridors. In einer Hand trug er seine Brieftasche und das kleine Lederetui mit seinem Polizeiausweis. In der anderen Hand trug er den .38er Detective-Revolver. So ausgerüstet kam er sich in dieser Umgebung ziemlich dämlich vor.

Fats Donner saß wie ein riesiger weißer Buddha in einer Ecke der Sauna. Über seinem Schoß lag in losen Falten ein Handtuch. Als Willis eintrat, hatte er die Augen halb geschlossen. Jetzt öffnete er sie ganz, erkannte Willis und sagte: »Mach die Tür zu, Mann, du läßt die ganze Hitze hinaus.«

Willis schloß die Tür. »Ich habe dich schon in der ganzen gottverdammten Stadt gesucht«, erklärte der Kriminalbeamte.

»Na, jetzt hast du mich ja gefunden, Mann«, gab Donner zurück.

Dann begann ihr Gespräch über Manfred Baal und Albert Brice.

Der nächste Informant war ein Puertoricaner, der einen kleinen Laden für medizinische Kräuter, Traumbücher, religiöse Statuen,

Kabbala-Bücher, Tarock-Karten und ähnliches unterhielt. Außerdem handelte er mit zahlreichen sogenannten Ehehilfen. Diese verwahrte er jedoch im Hinterzimmer seines Ladens und zeigte sie nur besonderen Kunden. Sein wirklicher Name oder jedenfalls der Name, unter dem er im Barrio bekannt war, lautete Francisco Palacios. Dieser Name stand auch in goldenen Buchstaben an seiner Schaufensterscheibe. Bekannt aber war er als der »Gaucho« oder »Cowboy«. So nannten ihn jedenfalls die Polizisten, mit denen er zusammenarbeitete. Nur einer von den Kriminalbeamten nannte ihn anders, nämlich »Stinker«. Dieser Beamte war Andy Parker. Vor zwei oder drei Jahren war Palacios mit einer sehr wertvollen Information aufgetaucht, die es ermöglichte, einen großen Rauschgiftfall zu lösen. Parker hätte dafür eine Beförderung gewinkt, aber Palacios hatte sich geweigert, Parker diese Information zu geben, weil er ihn nicht leiden konnte. Statt dessen hatte er das wertvolle Wissen an einen anderen Polizisten des Reviers verkauft (Delgado, der Puertoricaner war wie Palacios selbst). Aus diesem Grunde würde Palacios für Andy Parker jetzt und alle Zeit der »Stinker« bleiben.

Der Gaucho blickte auf, als die Ladentürglocke bimmelte. Draußen regnete es. Normalerweise lief sein Geschäft an solchen Tagen recht gut. Aber der Mann, der sich dem Ladentisch näherte, war kein Kunde. Es war der Negerdetektiv vom 87. Revier mit Namen Arthur Brown. Der Gaucho kannte ihn schon von früheren geschäftlichen Verbindungen her.

»Guten Tag, Señor«, sagte er, »kann ich irgendwie behilflich sein?«

»Wir wollen mal ins Hinterzimmer gehen, Cowboy«, sagte Brown.

Im Hinterzimmer befand sich eine geschickt aufgebaute Ausstellung von Dildos, französischen Hilfsmitteln und im Schritt offenen Schlüpfern, Vibratoren von zwanzig und dreißig Zentimeter Länge, ledernen Scharfrichtermasken, Keuschheitsgürteln, Peitschen mit Lederriemen und Liebeskugeln aus Plastik und in Gold plattiert. Inmitten dieser Umgebung beschrieb Brown die beiden Männer, nach denen die Polizei suchte. Der Gaucho nickte nur und sagte: »Ich werde es versuchen.«

6

Gegen zwei Uhr nachmittags tauchte Fat Ollie Weeks im Revier auf.

Er war keinesfalls mit Fats Donner zu verwechseln, nein, wirklich nicht. Wenn sie nebeneinander gestanden hätten (was bisher noch niemals vorgekommen war), könnte man einen deutlichen Größenunterschied zwischen ihnen feststellen. Fat Ollie war dick im Singular, Fats Donner war fett im Plural. Es gab auch noch andere Unterscheidungsmöglichkeiten. Fats Donner war ein Polizeispitzel, während Fat Ollie Weeks als Detective im 83. Revier arbeitete. Fats Donner, den man eigentlich fast immer im nächsten Dampfbad oder einer Sauna fand, war sauber wie ein frischgebadetes Baby und roch auch so. Fat Ollie Weeks stank zum Himmel empor. Wer sich in seiner Nähe aufhalten mußte, wunderte sich, daß dieser Kerl nicht ständig von Fliegen umschwärmt war. Fats Donner war ein toleranter Mann. Im Laufe der Jahre hatten seine Freundinnen häufig gewechselt, darunter Negerinnen, mexikanische Mädchen, Chinesinnen und (bei einer besonderen Gelegenheit) eine vollblütige Cherokee-Indianerin von fünfzehn Jahren. Fat Ollie Weeks hingegen war von einer ausgesprochen bigotten Einstellung besessen. »Deine Schwester bumsen?« konnte er einen Mann fragen, dessen Hautfarbe auch nur um einen Schatten dunkler war als die eigene. »Von dir würde ich nicht einmal ein Glas Wasser annehmen!«

Carella hätte sich am liebsten unter einem Schreibtisch verkrochen, als er den dicken Mann das Gatter aufstoßen sah, das das Büro gegen den Korridor abgrenzte. Das Wachzimmer im Revier stand jedermann offen, wie der Regenmantel eines Exhibitionisten. Ollie kam durch das Gatter und marschierte schweren Schrittes auf Carellas Tisch zu, wobei er die Hand ausstreckte.

»He da, Stevichen«, rief er, woraufhin Carella das Gesicht verzog. »Was höre ich denn da?«

»Was hast du denn gehört?« erkundigte sich Carella. Ollie hatte seine Hand gepackt und schüttelte sie wie ein Terrier eine Ratte. Plötzlich ließ er Carellas Finger los – hielt sie wohl für abgestorben – und zog sofort einen Stuhl ganz dicht an Carellas Schreibtisch heran.

Er beugte sich weit über die Platte und senkte die Stimme: »Ist es wahr, was man sich über Kling erzählt?«

»Ja«, gab Carella zurück. »So etwas spricht sich schnell herum, wie?«

»In der ganzen Stadt redet man von nichts anderem. Falls ihr etwa glaubt, die Geschichte geheimhalten zu können, vergeßt es lieber.«

»Wo hast du denn davon gehört?«

»Unser Sergeant in der Wache hat es mir erzählt. Ich möchte dir dazu etwas sagen, Steve, für den Fall, daß du es noch nicht weißt. Diese Wachsergeanten in den einzelnen Revieren der Stadt quatschen untereinander. Verstehst du? Weißt du, das ist genau wie in den alten Filmen aus Vermont oder New Hampshire, wo alle Teilnehmer noch an einer einzigen Telefonleitung hingen und jedermann hören konnte, was der Nachbar zu sagen hatte. Genauso ist es mit den Sergeanten in den Polizeiwachen bei uns. Wenn jemand in Midtown East einen Furz läßt, dann hörst du zehn Minuten später oben in Riverhead davon. Alles spricht sich viel zu schnell herum. Wer ist dieser Kling? Ich glaube, ich kenne ihn nicht.«

»Er ist ein guter Polizeibeamter«, erklärte Carella schlicht.

»Und läßt sich von irgendwem die Frau unter der Nase wegstehlen?« Ollie schnaufte verächtlich. »Was ist der, ein Jude, dieser Kling? Hört sich jüdisch an, der Name Kling.«

»Nein, er ist kein Jude.«

»Bist du sicher? Manche von diesen Hebräern tun nämlich gerne so, als ob –«

»Ollie, wir haben Leute von allen möglichen Rassen und Hautfarben bei uns im Revier«, fiel ihm Carella ins Wort. »Im allgemeinen wird bei uns nicht –«

»Oh, gewiß, man braucht alle möglichen Sorten von Menschen«, sagte Ollie, »Hebräer, Nigger, Gelbe . . . hör mal, glaubst du vielleicht, ich wüßte das nicht? Wir haben auch alle möglichen Leute oben bei uns im 83. Revier.«

Carella seufzte.

»Also, wie weit seid ihr mit euren Nachforschungen gediehen?« fragte Ollie.

»Bis jetzt haben wir nichts.«

»Das habe ich mir schon gedacht. Deshalb bin ich hergekommen. Vielleicht, so dachte ich mir, könnte ich euch ein wenig unter die Arme greifen.«

»Nun, das ist sehr nett von dir, Ollie, aber ...«

»Was würdet ihr wohl ohne mich anfangen, wie?« grinste Ollie.

»Wir haben aber schon alles organisiert. Du weißt schon ...«

»Ja, wie denn?«

»Was meinst du mit ›wie denn‹?«

»Wie habt ihr alles organisiert?« erkundigte sich Ollie, und dann streckte er die linke Hand aus, um mit der rechten an den eigenen Fingern abzuzählen. »Habt ihr den Fernsprecher an einen Recorder angeschlossen und die Telefonfirma wegen einer Fangschaltung informiert? Sind die Polizeieinheiten in den Nachbarstaaten mit Beschreibungen und Telefotos versehen worden? Wissen die Flughäfen, Eisenbahnstationen und Bushaltestellen Bescheid? Sind alle Akten durchgesehen worden, um herauszufinden, welche Verhaftungen Kling in der letzten Zeit vorgenommen hat? Wer von den Verhafteten sitzt noch im Gefängnis, wer ist inzwischen entlassen worden? Habt ihr nachgeprüft, ob er oder seine Frau noch irgendwelche Beziehungen nebenher haben? Besitzen er oder sie größere Geldsummen oder haben sie Schulden bei irgendwem? Hat es Drohbriefe oder entsprechende Anrufe gegeben? Ist in den letzten Wochen jemand beobachtet worden, der sich in ihrer Nähe verdächtig verhielt? Sind sie von irgendwem verfolgt worden? War jemand in der Kirche oder beim Empfang, der nicht eingeladen war? Sind all diese Dinge beachtet worden, Steve?«

»Die meisten. Wir kennen Kling ziemlich gut, so daß einiges von dem allem –«

»Ja, du glaubst, daß du jemanden genau kennst, bis du mal seine Schranktür aufmachst und die Leichen findest.«

»Nun, ich kann dir zum Beispiel sagen, daß Kling keine anderen Bekanntschaften nebenher hat. Er ist ein Mann, der sich stets nur auf eine Frau konzentriert, er –«

»Wie steht es mit ihr?«

»Ja, danach habe ich ihn nicht gefragt.«

»Warum fragst du ihn nicht?«

»Offen gestanden, es wäre mir peinlich, ihm solche Fragen zu stellen.«

»Mir wäre es keineswegs peinlich«, erklärte Ollie grob. »Soll ich ihn mal fragen?«

»Nein.«

»Es könnte aber von Wichtigkeit sein.«

»Ich glaube nicht, daß Augusta –«

»Heißt sie so?«

»Augusta, ja.«

»Wie heißt sie mit Familiennamen?«

»Blair.«

»Ganz recht, Augusta Blair«, überlegte Ollie laut und schrieb den Namen in sein kleines, schwarzes Notizbuch. »Waren ihre Eltern zur Hochzeit da?«

»Nur der Vater. Die Mutter ist gestorben.«

»Lebt er hier in der Stadt?«

»Seattle, Washington.«

»Weiß er, daß seine Tochter entführt worden ist?« fragte Ollie immer noch schreibend.

»Ja.«

»Wo hält er sich auf, Steve?«

»Im Hotel Hollister.«

»Sind schon Lösegeldforderungen gestellt worden?«

»Nein.«

»Bei keinem von ihnen? Weder bei Kling noch bei dem Alten?«

»Nein.«

»Um welche Zeit wurde sie entführt?«

»Gestern abend um elf Uhr dreißig.«

Ollie schaute zur Uhr hinüber. »Für eine Lösegeldforderung wird es reichlich spät. Findest du nicht auch?«

»Ein wenig.«

»Sehr sogar«, beharrte Ollie. »Du hast nicht zufällig eine Abschrift von der Gästeliste?«

»Doch, wir haben eine aus Klings Wohnung geholt.«

»Kannst du mir davon mal eine Ablichtung machen lassen? Wie viele Leute waren überhaupt beim Empfang?«

»Ungefähr zweihundert.«

»Und die waren vorher auch alle mit in der Kirche?«

»Das weiß ich nicht.«

»Hat irgendwer fotografiert?«

»Ja, es war eine ganze Menge Fotografen da. Augusta ist Fotomodell, und sie kennt –«

»Ach, so?« Ollie blickte interessiert auf. »Ein Modell?«

»Und sie kennt eine Menge Fotografen.«

»Würde ich sie erkennen, wenn ich irgendwo ihr Bild sähe?«

»Das glaube ich schon.«

»Wie wäre denn das?« sinnierte Ollie. »Mein letzter Fall, der sich um eine Berühmtheit drehte, liegt vier Jahre zurück.«

Carella machte sich nicht die Mühe, Ollie darauf hinzuweisen, daß jener Fall nicht der seine gewesen sei. Statt dessen sagte er: »Wir glauben nicht, daß man Augusta unter den Berühmtheiten einstufen kann.«

»Oh, gewiß«, sagte Ollie. »Du sagst also, es waren viele Fotografen da, wie?«

»Der Mann, der die offiziellen Hochzeitsbilder machte, war –«

»Ja, das ist genau der, den ich suche.« Ollie leckte seinen Bleistift an und schaute erwartungsvoll auf.

»Er heißt Alex Pike.«

»Das kommt wohl von Alexander?«

»Ja.«

»Alexander Pike«, buchstabierte Ollie halblaut den Namen, während er ihn aufschrieb. »Hättest du zufällig auch seine Adresse, Steve?«

»Nein, wahrscheinlich steht er im Branchen-Adreßbuch. Er ist ein recht bekannter Fotograf.«

»Also, Alexander Pike«, wiederholte Ollie. »Hättest du etwas dagegen, wenn ich mal mit ihm rede?«

»Worüber?«

»Über die Fotos, die er gemacht hat. Aber zunächst möchte ich eine Kopie der Gästeliste. Okay?«

»Ollie«, meinte Carella und beugte sich über den Schreibtisch zu seinem Kollegen herüber. »Dieser Fall geht uns alle persönlich sehr nahe. Verstehst du das?«

»Natürlich«, gab Ollie zurück.

»Nach außen hin sieht hier wahrscheinlich alles sehr ruhig aus. Geschäftsgang wie üblich. Aber ich kann dir sagen, daß es keinen Kollegen im ganzen Revier gibt, der nicht schwitzt. Verstehst du mich, Ollie?«

»Oh, gewiß, du brauchst dir deshalb keine Sorgen zu machen, Steve«, er grinste und fügte hinzu: »Ich bin ein guter Polizist. Wußtest du das noch nicht?«

Carella wußte es wohl. Er hatte es zögernd zugegeben, als das 87. Revier zuletzt mit Ollie Weeks hatte zusammenarbeiten müssen. Inzwischen war es für ihn zu einer unwiderlegbaren Wahrheit geworden. Ollie hatte schon einmal außerordentlich gute Dienste geleistet, als es um einen Fall von Brandstiftung und Mord ging. Obwohl er ein bigotter Mensch war und einem manchmal auf die Nerven fiel, ließ sich doch nicht ableugnen, daß er ein sehr guter Polizist war. Diese Gegensätzlichkeiten brachten Carella immer wieder durcheinander. Es war, als solle man Hitler seinen Rassenwahn verzeihen, nur weil er ausgezeichnete Reden hielt. Nun, Carella fand diesen Vergleich nicht hundertprozentig zutreffend. Dennoch konnte er Ollie nicht leiden und fühlte sich in der Gegenwart des Dicken immer irgendwie unbehaglich. Die Sache wurde dadurch noch verschlimmert, daß Ollie offensichtlich Carella mochte. Ollie mußte er als Polizisten durchaus respektieren. Als Mann konnte er ihn nicht leiden. Alle Ansichten, die Ollie äußerte, widersprachen bis in den letzten Punkt hinein dem, was Carella sich zum Lebensprinzip gemacht hatte. Am ehesten konnte Carella noch auf ein unauffälliges Verschwinden des ungebetenen Kollegen hoffen. Niemand hatte Ollie gebeten, beim 87. Revier auszuhelfen. Am liebsten hätte Carella den Dicken in den Urwald gejagt, bis er sich entschloß, die Socken zu wechseln, die Zähne zu putzen und sich den von Vorurteilen wimmelnden Schädel zu waschen. Carella wollte vor allem verhindern, daß Ollie irgend etwas unternähme, wodurch Augustas Sicherheit in Gefahr geriet oder was Kling beunruhigt hätte. Der arme Kerl hielt sich gerade noch auf den Beinen. Das war noch das Beste, was man von ihm sagen konnte. Seit zwei Uhr morgens wurde das Telefon im Hotelzimmer überwacht. Es hatte keinen Laut von sich gegeben. Zu diesem Zeitpunkt hatte der Techniker noch einmal alles überprüft, damit der Recorder auch wirklich einwandfrei arbeitete. Seitdem waren mehr als zwölf Stunden vergangen. Carella machte sich langsam Sorgen. Er brauchte wirklich nicht Fat Ollie Weeks dazu, seine Sorgen noch zu vergrößern. Er beschloß, ihm etwas deutlicher seine Meinung zu sagen. Am besten mit so klaren Worten, daß sie sogar der dickschädelige Ollie verstand.

»Ollie«, begann er darum, »laß die Finger von diesem Fall.«

»Was?« fuhr Ollie mit überraschtem Blick auf. Dann lachte er laut und sagte: »Das ist wirklich ein starkes Stück. Das kann ich dir sagen. Im Augenblick dachte ich schon, du machst Ernst.«

»Glaube mir, Ollie«, redete Carella eindringlich weiter und beugte sich mit auf den Tisch gestützten Ellenbogen nach vorn, bis seine Augen in gleicher Höhe mit denen von Ollie waren. Er zwang ihm seinen Blick auf. »Tue ich auch. Halte dich da raus.«

»Ich will doch nur mal mit dem Fotografen sprechen«, meinte Ollie und sah beleidigt drein.

»Mir wäre es lieber, du ließest es sein.«

»Denn, weißt du, ich kann mir dann die Bilder von ihm geben lassen, ich meine die von der Hochzeit in der Kirche und von dem Empfang –«

»Ollie . . .«

»– Und dann könnte ich sie Kling zeigen . . . Ja, wir könnten dann zusammen die Gästeliste durchgehen, und wenn irgend jemand auf den Fotos erscheint, der nicht auf der Liste steht . . . Begreifst du, worauf ich hinaus will, Steve?«

Carella schwieg einige Augenblicke vor sich hin. »Kling kennt wahrscheinlich nicht alle Leute, dic auf der Liste stehen. Ein großer Teil von ihnen waren Augustas Freunde und Freundinnen, die er bis dahin vielleicht nie gesehen hatte.«

»Du meinst Modelle? Und solche Leute?«

»Ja«, gab Carella zurück. »Und Fotografen, dazu Leute von den Werbeagenturen.«

»So Typen wie Art Directors, wie?«

»Ja, und Modejournalisten.«

»Doch, ich sehe schon, was du meinst«, sagte Ollie. »Kling würde natürlich nur die Leute von der Polizei kennen, nicht wahr? Und ihre Frauen, vielleicht? Und ihre Freundinnen.«

»Ja«, sagte Carella.

»Aber irgendwer muß doch die anderen Leute auch kennen. Oder nicht? Ich meine außer Augusta. Würde der Fotograf nicht Bescheid wissen? Dieser Alexander Pike?«

»Vielleicht«, überlegte Carella laut. »Oder vielleicht . . .«

»Ja?«

»Womöglich wäre Cutler dazu in der Lage, sie für uns zu identifizieren.«

»Wer ist Cutler?«

»Ihm gehört die Modellagentur, bei der Augusta unter Vertrag ist.«

»Also, was hältst du davon?« fragte Ollie. »Das ist doch eine gute Idee, nicht wahr, Steve?«

»Versuchen könnte man es immerhin«, nickte Carella.

Seine Stimme überraschte sie. Sie hatte nichts davon bemerkt, daß er sich im Zimmer befand, bis sie seine Stimme hörte. Augusta reagierte scharf auf den Klang dieser Stimme, so als habe sie plötzlich jemand in der Dunkelheit geschlagen.

»Sie müssen hungrig sein«, sagte die Männerstimme. »Es ist beinahe drei Uhr dreißig.«

Augusta fragte sich sofort, ob es drei Uhr dreißig am Morgen oder am Nachmittag sei. Und dann fragte sie sich, wie lange er wohl schon da gestanden und sie beobachtet haben mochte.

»Sind Sie hungrig?« fragte er.

Seine Aussprache ließ einen schwachen fremdländischen Akzent erkennen; Augusta nahm an, daß der Mann Deutsch als Muttersprache haben müsse. Als Antwort auf seine Frage schüttelte sie deutlich den Kopf von einer Seite zur anderen. Natürlich hatte sie starken Hunger. Aber sie wagte nicht, etwas zu essen, das er ihr anbieten würde.

»Na, dann«, vernahm sie seine Stimme.

Augusta lauschte weiter. Sie hörte nicht einmal seine Atemzüge.

Es war nicht herauszufinden, ob er sich noch im Zimmer befand oder gegangen war. Sie wartete.

»Ich werde mir etwas zu essen machen«, sprach er weiter.

Dann war wieder alles still. Keine Diele knirschte, kein Schritt war zu hören. Sie nahm an, daß der Mann das Zimmer verlassen hatte, war sich dessen aber nicht sicher. Nach einer Weile roch sie den Duft von kochendem Kaffee. Sie lauschte sehr aufmerksam, entdeckte Geräusche, die sie als das Knistern von bratendem Schinken identifizierte. Dann klickte ein Toaster. Das nächste Geräusch erkannte sie ganz genau als das Öffnen und Zuschlagen einer Kühlschranktür. Dann kam noch ein Klicken und dann ein Summen und dann eine Männerstimme: ». . . weit unter dem Gefrierpunkt. Die augenblickliche Temperatur hier an der Hall Avenue liegt bei acht Grad minus.« Dann hörte sie Rauschen, anschließend Musik, die durch ein weiteres Klicken abrupt ausgeschaltet wurde. Der Mann hatte offensichtlich gehofft, die Nachrichten um drei Uhr dreißig zu hören, aber nur die letzten Sekunden davon mitbekommen, woraufhin er das Radio wieder ausgeschaltet hatte. Aus der Küche (Augusta nahm an, daß es sich um eine Küche handelte) hörte sie das Knirschen von Metall auf Porzellan. Er aß. Plötzlich wurde sie wahnsinnig wütend auf ihn. An den Fesseln zerrend versuchte sie, sich zu befreien. Die Luft in dem Zimmer war stickig. Die Küchengerüche, die vor ein paar Minuten noch ihren Hunger angestachelt hatten, verursachten ihr jetzt Übelkeit. Augusta riß sich zusammen, um nicht zu erbrechen. Sie hörte Geschirr in der Küche klappern. Offensichtlich räumte der Mann auf. Ja, da rauschte Wasser. Augusta wartete, denn bestimmt würde er bald wieder hereinkommen.

Seine Annäherung nahm sie nicht wahr. Daraus ließ sich schließen, daß der Mann einen sehr leichten Schritt hatte. Oder die Wohnung oder das Haus oder das Hotelzimmer (wo immer sie sich befinden mochte), hatte dick mit Teppichen belegte Fußböden. Jedenfalls vernahm sie nichts von ihm, bis er wieder ganz in ihrer Nähe stand. Das Wasser war abgedreht worden. Dann tiefe Stille. Und danach plötzlich seine Stimme.

»Wollen Sie wirklich nichts essen? Nun, früher oder später werden Sie schon Hunger bekommen«, sagte er.

Sie stellte sich das Lächeln auf seinem Gesicht vor. Sie haßte ihn mit aller Intensität und konnte sich nur vorstellen, daß Bert ihn sofort umbringen würde, sobald er ihn gefaßt hatte. Bert würde seinen Revolver ziehen und den Mann totschießen. Wie sie so hilflos, ohne sehen und sprechen zu können, auf dem Rücken lag, gewann sie Zuversicht aus der Vorstellung, daß Bert den Mann töten würde. Aber sie konnte ihr Zittern trotzdem nicht unterdrücken, so sehr erschreckte sie die Gegenwart des Unsichtbaren, und sie hatte keine Ahnung, was er als nächstes tun würde, und sie erinnerte sich an die fanatische Leuchtkraft der blauen Augen oberhalb der grünen Ärztemaske, und sie dachte auch an die Geschwindigkeit, mit der er durch das Zimmer gesprungen und ihr das Skalpell an die Kehle gesetzt hatte. Augusta lauschte auf seinen Atem. Diese Stille war beinahe übernatürlich. Er erschien und verschwand geräuschlos wie ein Vampir. Beobachtete er sie immer noch? Oder war er wieder aus dem Zimmer gegangen?

»Würden Sie gern mit mir reden?« fragte er plötzlich.

Augusta wollte einem ersten Impuls folgend den Kopf schütteln. Mit ihm reden, das war das letzte, was sie auf dieser Welt wollte. Aber sie begriff rasch, daß er ihr dann den Knebel abnehmen mußte. Sonst konnte sie nicht reden. Und sobald ihr Mund frei war . . .

Sie nickte.

»Falls Sie etwa um Hilfe rufen wollen . . .«, meinte er und ließ die Warnung unausgesprochen.

Sie schüttelte in einer wilden Lüge den Kopf. Natürlich wollte sie schreien, sobald der Knebel entfernt war.

»Ich habe immer noch das Skalpell«, fuhr er fort. »Können Sie es fühlen?« Damit drückte er ihr die kalte Klinge gegen die Wange. Die Berührung war so plötzlich und unerwartet, daß Augustas Kopf zurückzuckte. Aber er folgte ihrem Gesicht mit der Klinge und hielt sie flach gegen ihre Wange gedrückt, während er wiederholte: »Können Sie fühlen?«

Sie nickte.

»Ich möchte Sie keinesfalls damit schneiden, Augusta. Es wäre jammerschade, wenn ich es tun müßte.«

Er kannte ihren Namen.

»Verstehen Sie mich, Augusta? Ich werde jetzt das Klebeband von Ihrem Mund entfernen und Ihnen zu sprechen erlauben. Wenn Sie aber schreien, Augusta, werde ich das Skalpell nicht nur benutzen, um das Klebeband zu durchtrennen. Dann bekommen Sie es zu spüren. Ist das klar?«

Sie nickte.

»Ich hoffe, es ist Ihnen wirklich klar, Augusta. Ganz im Ernst, ich möchte Sie wirklich nicht verletzen.«

Abermals nickte sie.

»Nun gut, dann. Bitte vergessen Sie es nicht, ja?«

Sie fühlte, wie das Skalpell unter den Knebel glitt. Er drehte die Klinge herum und sie hörte das scharfe Zerreißen des Klebebandes. Plötzlich war der Druck von ihrem Mund verschwunden. Der Mann riß die losen Enden ab. Er hob ihren Kopf und zog den restlichen Klebestreifen los. Sogleich spuckte sie den Wattebausch aus, der in ihrem Mund steckte.

»Also, bitte nicht schreien«, wiederholte er. »Da, fühlen Sie die Klinge«, forderte er sie auf, wobei er ihr das schmale Metall gegen den Hals drückte. »Nur damit Sie nicht schreien, Augusta.«

»Ich werde nicht schreien«, versprach sie leise.

»Ach«, machte er, »nun höre ich zum erstenmal Ihre Stimme. Was für eine wunderschöne Stimme, Augusta. Sie ist genauso schön, wie ich sie mir immer vorgestellt habe.«

»Wer sind Sie?« wollte sie wissen.

»Ach«, winkte er mit der Hand.

»Warum machen Sie so etwas?« forschte sie weiter. »Mein Mann ist Polizist. Wissen Sie das?«

»Ja, das weiß ich.«

»Detective.«

»Ich weiß.«

»Sie wissen doch wohl, was solchen Leuten passiert, die sich an einem Polizeibeamten oder seiner Familie vergreifen, die Polizeiangehörige verletzen oder bedrohen . . .«

»Ja, das kann ich mir vorstellen. Augusta, Sie sprechen zu laut«, warnte er sie. Sie fühlte sofort den Druck des Skalpells gegen ihre Kehle. Aber sie erkannte, daß er den Druck mehr mit der Hand als mit der Klinge ausübte. Dennoch war die Geste als ernstgemeinte Warnung zu verstehen. Sie kannte die Schärfe des Instruments. Das zähe Klebeband war mit einer einfachen Drehung der Klinge durchtrennt worden.

»Tut mir leid«, sagte sie. »War mir nicht bewußt . . .«

»Ja, Sie müssen ruhiger werden.«

»Tut mir leid.«

»Ja«, fuhr er fort, »Augusta, ich weiß, daß Ihr Ehemann ein Detective ist. Es stand in dem Zeitungsartikel, in dem Ihre Hochzeit angekündigt wurde. Detective Bertram A. Kling. So heißt er doch, nicht wahr?«

»Ja«, gab Augusta zurück.

»Ja, Bertram A. Kling. Ich war ganz verzweifelt, als ich das in der Zeitung las, Augusta. Es war im Oktober, erinnern Sie sich?«

»Ja.«

»Und zwar am fünften Oktober. Da stand in der Zeitung, daß Sie im folgenden Monat heiraten wollten. Diesen Bertram A. Kling, diesen Polizisten, diesen Detective. Ich war völlig verzweifelt. Ich wußte nicht, was ich tun sollte, Augusta. Ich brauchte lange Zeit, bis mir klarwurde, was getan werden mußte. Bis gestern vormittag war ich noch nicht ganz sicher. Und dann, in der Kirche, war mir auf einmal klar, daß ich das Rechte wollte. Und nun sind Sie hier, bei mir. Nun werden Sie mir gehören«, sagte er. Da wurde ihr urplötzlich klar, daß sie es mit einem Verrückten zu tun hatte.

7

Alexander Pike war der Meinung, er habe am gestrigen Tage genügend Polizisten gesehen. Das reiche für den Rest seines Lebens. Aber jetzt war schon wieder ein anderer Polizeibeamter in seinem Studio. Und es war nicht einmal einer von denen, die bei der Hochzeit und dem Empfang dabeigewesen waren. Und er bat Pike um die Hochzeitsfotos. Pike mochte das Aussehen dieses Mannes nicht, und noch weniger seine Manieren. Er hatte seit mehr als vier Jahrzehnten immer nur schöne Menschen fotografiert. Oliver Weeks war keinesfalls schön. Außerdem stellte er auch nicht das dar, was Pike mit

»adrett« bezeichnet hätte.

»Wir brauchen die Bilder, die gestern aufgenommen wurden, basta«, sagte Ollie mit Bestimmtheit. »Also, Mr. Pike, ich halte mich hier jetzt schon seit einer halben Stunde auf und streite mit Ihnen herum. Ich versuche Ihnen klarzumachen, wie wichtig das für uns ist, und nun möchte ich endlich die Fotos haben.«

»Und ich sage Ihnen, Mr. Weeks, daß ich bisher lediglich Kontaktabzüge hergestellt habe –«

»Na, prima, dann nehme ich die Kontaktabzüge –«

»Ich wollte sie heute nachmittag genauer ansehen«, erklärte Pike. »Und dann entscheiden, welche zur Vergrößerung geeignet sind . . .«

»Mr. Pike, Sie haben doch die Negative, nicht wahr?«

»Ja, aber –«

»Dann machen Sie sich einfach einen zweiten Satz Kontaktabzüge.«

»Haben Sie eine Ahnung, wieviel Filmrollen ich gestern verschossen habe?« fragte Pike.

»Wie viele?«

»Dreißig Rollen Film, das sind mehr als eintausend Aufnahmen, Mr. Weeks. Das ergibt genaugenommen eintausendundachtzig Fotos. Ich hatte mir vorgenommen, alle diese Bilder am heutigen Nachmittag durchzugehen.«

»Ja, das habe ich schon einmal gehört«, erwiderte Ollie, »und dann wollten Sie entscheiden, welche vergrößert werden sollten.«

»Stimmt genau.«

»Das kann und muß warten, Mr. Pike. Unsere Aufgabe ist wichtiger.«

»Warum? Sie haben mir immer noch nicht gesagt, was an diesen Bildern so wichtig sein könnte.«

»Mr. Pike, es steht mir nicht frei, Ihnen diese Information zu geben«, erklärte Ollie mit Nachdruck. Carella hatte ihm aufgetragen, die ganze Sache mehr als diskret zu behandeln. Mindestens bis man etwas von dem Entführer gehört hatte. Also hatte Ollie auch die Instruktion mit auf den Weg bekommen, die Bilder von Pike abzuholen, ohne dem Fotografen genau zu sagen, worum es sich handelte.

Ollie fand es außerordentlich schwierig, diese Vorschrift einzuhalten. Darüber hinaus hatten Carellas Instruktionen nach Ollies Meinung nicht viel Sinn. Im Gegenteil, er hatte sich sogar einige Hilfe von Pike versprochen, der gewiß einen großen Teil der Gäste nach den Fotos identifizieren konnte. Wenn er Pike nicht sagen durfte, worin seine Aufgabe bestand, wie konnte er sich dann seiner Hilfe versichern? Außerdem stand Ollie als Detective ersten Grades eine Rangstufe über Carella. Dennoch scheute er sich davor, offen gegen Carellas Instruktionen zu handeln, zumal diese Angelegenheit ein Fall des 87. Reviers war und die Beamten dieser Abteilung persönlich berührte – was allein schon genügend Grund dafür bot, jemanden von außerhalb, und zwar jemanden mit einem klaren Kopf hinzuzuziehen, jemanden, der Kling überhaupt nicht kannte und der sich um überhaupt nichts anderes bemühte als um eine möglichst rasche Lösung dieses verworrenen Falles. Das hatte die Polizeiarbeit für Ollie von jeher so interessant gemacht – die Lösung des Rätsels. Die Leute darin, ganz gleich ob tot oder lebendig, interessierten ihn überhaupt nicht. Ihm ging es nur um die Auflösung. Soeben hatte er Pike erklärt, es sei ihm nicht erlaubt zu sagen, warum in den Augen der Polizei diese Fotos so wichtig seien. Jetzt wartete er auf Pikes Antwort.

»In diesem Falle«, erklärte der Fotograf, »ist es mir nicht erlaubt, diese Bilder herauszugeben.«

»Dann werde ich in die Stadt hinunterfahren und mir einen Haussuchungsbefehl holen müssen«, erklärte Ollie seufzend. Er beabsichtigte natürlich nicht, sich beim Gericht einen Haussuchungsbefehl zu holen. Vielmehr überlegte er krampfhaft, wie er Pike beibringen könne, daß Augusta entführt worden sei, ohne es klar zu sagen. Er wollte später erklären können, er habe das Wort Entführung überhaupt nicht in den Mund genommen. Pike habe einfach seine eigenen Schlüsse gezogen. Deshalb meinte er schließlich: »Soll ich also losfahren und einen Haussuchungsbefehl holen, Mr. Pike?«

»Ja, fahren Sie nur los.«

»Mr. Pike, ich könnte einen bekommen, glauben Sie mir. Ich habe nämlich einen durchaus berechtigten Grund zu der Annahme, daß diese Fotos Beweismittel in einem Verbrechen darstellen . . .«

»Was für ein Verbrechen?« fuhr Pike sofort auf.

»Nicht so wichtig.«

»Ein Verbrechen, das sich auf Augustas Hochzeit abgespielt hat?«

»Ich will mal so sagen«, wand sich Ollie. »Ein Verbrechen ist verübt worden, Mr. Pike. Soviel darf ich wohl sagen.«

»Wo, bei der Hochzeit?«

»Nein, nicht bei der Hochzeit, aber kurz danach. Und es ist möglich, daß die Fotos, die Sie gestern gemacht haben, uns bei der Identifizierung des oder der Täter helfen könnten. Aber, das ist alles, was ich Ihnen im Augenblick anvertrauen darf, Mr. Pike, ohne daß ich das Opfer in Gefahr bringe.«

»Das Opfer? Wer ist das?«

»Nun, das spielt im Augenblick keine Rolle. Ich möchte sie nicht in Gefahr bringen, indem ich –«

»Sie?« fragte Pike. »Eine Frau? Ist das Opfer eine Frau?«

»Mr. Pike, es dürfte wohl keine Rolle spielen, wer das Opfer ist. Hier geht es nur darum –«

»Aber, es handelt sich doch um eine Frau?«

»Ja, um eine Frau.«

»Um wen?«

»Mr. Pike, ich frage Sie jetzt zum letztenmal. Wenn Sie mir nicht die Fotografien anvertrauen, muß ich in die Stadt fahren und mir einen Haussuchungsbefehl holen. Und darüber wäre ich wirklich sauer, Mr. Pike, das können Sie mir glauben. Warum entschließen Sie sich nicht zur Zusammenarbeit mit einem, der es nur gut meint. Rücken Sie endlich die verdammten Bilder heraus. Okay?«

»Ich werde sie Ihnen geben, wenn Sie mir sagen, was geschehen ist. Hat man einen von Augustas Gästen bestohlen?«

»Nein, es handelt sich nicht um einen Diebstahl.«

»Demnach wurde jemand verletzt?«

»Nein. Niemand ist verletzt worden, jedenfalls soweit wir bis jetzt wissen.«

»Was denn sonst?« rief Pike entsetzt. »Weiß Augusta etwas davon? Weiß sie, daß die Polizei die Bilder haben will?«

»Nein, sie weiß nicht, daß wir die Fotos haben wollen.«

»Weiß sie, daß ein Verbrechen verübt worden ist?«

»Ja, das weiß sie.«

Ollie legte eine bestimmte Betonung in seine Aussprache, als er sagte »Ja« und erst nach einer bezeichnenden Pause hinzufügte: »Das weiß sie.« Pike begriff sofort, was das bedeuten sollte.

»Augusta ist etwas zugestoßen!« rief er.

»Ich habe nicht gesagt, daß Augusta etwas zugestoßen ist«, verbesserte Ollie. »Ich habe überhaupt nichts davon gesagt, daß jemandem irgendwas zugestoßen wäre. Ich habe Ihnen nur erklärt, daß ein schweres Verbrechen begangen wurde und daß Sie uns helfen könnten, indem Sie uns diese Kontaktabzüge überlassen. Noch besser wäre es, wenn Sie mit mir ins Hotel kämen, damit wir zusammen mit Kling und einem anderen Mann namens Artur Cutler, den Sie wahrscheinlich kennen, die Bilder einmal durchgehen. Cutler wird wahrscheinlich jetzt telefonisch herbeigerufen und ist bereits auf dem Wege in die Stadt. Was halten Sie davon, Mr. Pike?«

»Wenn Augusta etwas passiert ist . . .«

»Ja oder nein?«

»Ja, natürlich«, gab Pike nach.

Auf den Kontaktabzügen waren genau, wie Pike gesagt hatte, 1080 Fotos. Darüber hinaus enthielt die Gästeliste von Hochzeit und Empfang nicht 200 Leute, wie Kling geschätzt hatte, sondern genau 212. Carella hatte Cutler angerufen und ihn um einen Besuch im Hotel gebeten. Danach hatte er Kling verständigt und ihm gesagt, was er zu erwarten habe. Kling, der bisher Fat Ollie Weeks noch nicht kennengelernt, aber schon eine Menge über ihn durch Cotton Hawes gehört hatte, fragte sofort, warum der fremde Beamte seine Nase in diesen Fall stecken müsse. Carella meinte, Ollie sei immerhin schon mit einer guten Idee herausgerückt. Er fügte schwach hinzu, Ollie sei ein sehr guter Polizist, und man könne in diesem Fall jede angebotene Hilfe gebrauchen. Kling erwiderte, er habe von Hawes gehört, Ollie sei ein bigotter Armleuchter. Dem stimmte Carella zu.

»Wozu brauchen wir ihn dann?« fragte Kling.

»Weil ich glaube, daß er uns helfen kann«, erklärte Carella. »Er hat einen guten, klaren Kopf, Bert. Meistens richtet er sich streng nach den Dienstvorschriften, aber dann kommt er plötzlich mit einer

Idee, die noch keinem anderen eingefallen ist. Wie zum Beispiel mit den Fotos von Pike.«

»Nun, meinetwegen«, lenkte Kling zögernd ein.

»Gib ihm eine Chance«, riet Carella.

»Ja, in Ordnung.«

Carella hatte vergessen, Kling auf Ollies berühmte Vorliebe vorzubereiten, den Schauspieler W. C. Fields nachzuahmen. Sechs Männer saßen in dem Hotelzimmer, darunter Bob O'Brien, der Meyer abgelöst hatte und das Tonbandgerät bedienen sollte, falls das Telefon doch noch klingelte. Tatsächlich hatte das Telefon am ganzen Nachmittag nur einmal geklingelt, und zwar, als Carella vor nicht einer halben Stunde anrief, um mitzuteilen, daß er mit den Fotografien und der Gästeliste vorbeikäme. Von da an war alles still geblieben bis zum jetzigen Augenblick. O'Brien saß auf dem Bett und hatte sich ein paar Kissen in den Rücken gestopft. Die langen Beine hielt er ausgestreckt. Die Kopfhörer saßen über seinen Ohren, während er ein Taschenbuch las.

Die anderen fünf Männer saßen auf Klappstühlen, die der Hoteldirektor großzügig zur Verfügung gestellt hatte. Auch der Kartentisch, um den sie sich scharten, stammte von der Hotelleitung. Der Kaffee in den Kannen auf dem Tisch und die Erdnüsse in den Behältern waren allerdings von den Polizisten bezahlt worden. Die Fotos waren von Alexander Pike aufgenommen, entwickelt und abgezogen worden. Die Gästeliste hatte bereits vor einer Woche Alf Miscolo im Verwaltungsbüro des 87. Reviers getippt, um Kling einen Gefallen zu tun. Das Vergrößerungsglas gehörte dem 87. Revier und war von Detective Steve Carella mitgebracht worden. Art Cutlers Anzug stammte von Cardin, und sein Haar wurde von Monsieur Henri gepflegt. Womit alle Einzelheiten erläutert wären.

Cutler pries in wortreichen Sätzen die Extravaganz und hohe Kunstfertigkeit von Pikes Hochzeitsfotos. Pike bedankte sich mit außerordentlicher Herzlichkeit. Dann konnte man endlich an die Arbeit gehen. Der eine oder andere von den beiden Männern nannte den Namen einer der abgebildeten Personen, sobald Carella oder Kling sie nicht kannten. Ollie Weeks kreuzte die Namen auf der Gästeliste an, sobald jemand identifiziert war. Als alle Bilder durchgegangen und alle Namen auf der Liste angekreuzt waren – blieben immer noch die Bilder von sechzehn Personen übrig, die bisher nicht identifiziert werden konnten. Ollie bestand darauf, daß man diese Bilder noch einmal ansah. Wiederum fand sich niemand, der jemanden darauf erkannt hätte. Es handelte sich um zehn Männer und sechs Frauen. Das ließ den Schluß zu, daß mindestens einige der nicht identifizierbaren Frauen von den Redakteuren und Fotografen mitgebracht worden waren, die Augusta eingeladen hatte. Und andererseits ließ sich auch annehmen, daß die nicht identifizierbaren Männer die Begleiter von Augustas Freundinnen gewesen waren.

»Ah, ja«, sagte Ollie mit der Stimme von W. C. Fields und überraschte – da dies an diesem Nachmittag zum erstenmal geschah – damit jedermann mit Ausnahme von Bob O'Brien, der wegen seiner Kopfhörer nichts vernahm, und Carella, der diese unnachahmliche Imitation schon oft zu hören bekommen hatte.

»Dann müssen wir jetzt folgendes tun, meine Freunde«, fuhr er mit der Schauspielerstimme fort, »wir müssen die Liste noch einmal durchgehen und nunmehr die Paare zusammenstellen, Ehemann und Ehefrau, Liebespaare, Verlobte usw. Dabei finden wir heraus, wer allein gekommen ist. Diese Leute werde ich mir persönlich vorknöpfen und sie fragen, ob ihnen jemand von den bisher Nichtidentifizierten bekannt ist. O ja.«

»Ollie, das dauert ewig«, warf Carella ein.

»Wüßtest du etwas Besseres mit unserer Zeit anzufangen?« fragte Ollie in seiner natürlichen Stimme. Kling blickte das immer noch schweigende Telefon an. Dann gingen sie die Liste noch einmal durch und verglichen sie mit den Fotografien.

Pünktlich zehn Minuten nach vier erreichte Fats Donners Anruf die Vermittlung des Reviers. Hal Willis nahm den Anruf im Büro oben entgegen.

»Ja, was gibt es denn?«

»Es handelt sich um diesen Al Brice.«

»Ja.«

»Ich weiß, wo er ist.«

»Wo denn?« fragte Willis und griff nach einem Bleistift.

»Wieviel ist euch die Sache wert?«
»Was soll es denn kosten?« fragte Willis.
»Einen Hunderter könnte ich schon gebrauchen.«
»Ist in Ordnung«, stimmte Willis zu.
»Da hätte ich wohl mehr verlangen sollen. Der Hunderter saß reichlich locker«, meinte Donner.
»Du solltest dein Glück nicht versuchen, Fats. Wo ist er?«
»In einem verwanzten Hotel Ecke 56. Straße und Hopkins. Jetzt werden Sie sich gleich totlachen. Das Hotel heißt ausgerechnet ›Royal Arms‹. Wie klingt das?«
»Also im ›Royal Arms‹, Ecke 56. Straße und Hopkins«, fuhr Willis ungerührt fort. »Ist er unter seinem eigenen Namen abgestiegen?«
»Er nennt sich dort Artur Bradley.«
»Und du bist sicher, daß er es ist?«
»Der Nachtportier kennt ihn. Es ist ganz bestimmt Brice. Übrigens, der Nachtportier . . .«
»Ja?«
»Er möchte nicht gern, daß es später für ihn Ärger gibt. Es war eine Gefälligkeit, daß er die Information an mich weitergab.«
»Keine Sorge, darüber erfährt niemand etwas.«
»Was ich damit sagen wollte, ich möchte nicht, daß Brice auch nur ahnt, der Portier habe seine Finger in der Sache. Klar?«
»Alles klar. Wann ist er eingezogen?«
»Gestern abend.«
»War er allein?«
»Nein, er brachte eine Frau mit.«
»Ging sie normal, oder mußte er sie hineinführen?«
»Was soll ich darunter verstehen?«
»War sie hilfsbedürftig?«
»Das begreife ich immer noch nicht«, meinte Donner.
»Konnte sie aus eigenen Kräften hineingehen, oder mußte er sie führen, stützen oder tragen?«
»Tragen, die? Warum hätte er sie tragen sollen?«
»Vergiß es. Wie heißt der Nachtportier?«
»Harry Dennis.«
»Wann tritt er seinen Dienst an?«

»Er arbeitet von acht Uhr abends bis acht Uhr morgens.«

»Demnach ist er jetzt nicht dort«, meinte Willis mit einem Blick auf die Uhr.

»Nein. Wollt ihr denn gleich hingehen?«

»Ich glaube schon, daß wir dem Herrn einen Besuch abstatten werden, ja.«

»Er hat einen Ballermann bei sich«, warnte Donner. »Und zwar keinen kleinen.«

»Wie klein?«

»Mein Gewährsmann hat einen .38er Revolver im Schulterholster gesehen und meint, Brice habe im Hosengurt eine Magnum stecken gehabt.«

»Das ist freilich schwere Artillerie«, sagte Willis anerkennend.

»Das wär's also«, schloß Donner das Gespräch. »Wegen dem Geld . . .«

»Das bekommst du schon.«

»Ich bin in dieser Woche ein wenig knapp dran. Meinst du, ein Bote könnte es mir vorbeibringen? Wie beim vorigenmal?«

Wieder blickte Willis auf die Uhr. »Das geht aber erst bei Dienstablösung.«

»Wann wäre das?«

»Mitternacht.«

»Gut. Wär schön, wenn's sich machen läßt.«

»Sicher. Ein Streifenpolizist steckt's in deinen Briefkasten.«

»Vielen Dank. Hör mal, es geht mich zwar nichts an, aber ich an deiner Stelle würde diesen Brice nicht allein besuchen. Was man so über ihn hört, dreht er schnell durch. Er schießt genauso leicht wie er spukt. Kapiert?«

»Ich gehe bestimmt nicht allein hin«, versprach Willis.

»Na, mich geht es ja nichts an«, sagte Donner abschließend und hängte ein.

Willis ging in das Büro des Lieutenants hinauf, um sich die hundert Dollar für Donner abzuholen. Dann tippte er die Adresse des Gewährsmanns auf einen Umschlag, steckte das Geld hinein und versiegelte den Brief. Carella kam gerade herein und sagte ihm, man hätte alle Bilder von der Hochzeit und dem Empfang mehrfach überprüft. Ollie Weeks hatte sich inzwischen darangemacht, herauszufinden, welche Leute nicht zur Hochzeitsgesellschaft gehörten. Willis berichtete von Donners Anruf und fragte, ob Carella mitkommen wolle, um sich Brice vorzuknöpfen. Die beiden Männer gingen hinunter in die Wachstube. Am Schreibtisch gab Willis Sergeant Murchison den versiegelten Umschlag und bat ihn, dafür zu sorgen, daß der zuständige Streifenpolizist der nächsten Schicht den Brief in Donners Briefkasten warf. Murchison nahm den Umschlag entgegen, schaute auf die Uhr und fragte die beiden Kriminalbeamten, wo sie hingingen. Sie sagten es ihm, und er schrieb die angegebene Adresse auf einen Block neben der Telefonvermittlung.

Das »Royal Arms« war zu keiner Zeit seines Bestehens seinem majestätischen Namen gerecht geworden. Aber für eine Weile war es doch immerhin ein einigermaßen anständiges Hotel gewesen. Ein wenig außerhalb des Stadtzentrums gelegen, hatte dieses Haus vor dem 2. Weltkrieg einen gewissen Kundenstamm besessen, der im wesentlichen aus Geschäftsreisenden bestand. Sie suchten eine saubere Unterkunft zu vernünftigen Preisen. Jedoch wurde im Jahre 1942 zur allgemeinen Überraschung jenseits der Straße genau gegenüber dem »Royal Arms« ein neues Hotel hochgezogen. Das neue Haus nannte sich »Grand«, was aber gleichfalls eine schamlose Übertreibung darstellte. Damals gab es eine ganze Menge Gerüchte – nun, eigentlich waren es mehr als nur Gerüchte –, denn fünf Kriminalbeamte vom 89. Revier wurden wegen Bestechung belangt, ferner wegen Behinderung von Strafverfolgungen usw. Aber das war 1945 passiert, lange nachdem das »Grand« sich einen gewissen Ruf erworben und seinem Eigentümer ein kleines Vermögen eingebracht hatte.

Hinter dieser Hoteleröffnung hatte eine Gangsterbande gesteckt. So besagten jedenfalls die Gerüchte.

Denn damals befand sich im benachbarten Staat, gleich jenseits der Brücke, kaum fünfzehn Meilen vom Flußufer entfernt, eine ganze Armeebasis voller heißblütiger, junger amerikanischer Soldaten, die scharf darauf waren, in die Stadt zu gehen, sobald sie einen Urlaubsschein bekamen. Das »Grand Hotel« war also nicht ohne

Grund am äußersten Stadtrand in der Nähe der Hamilton-Brücke und der Flußstraße errichtet worden. Hinzu kam der weiter flußabwärts gelegene Hafen voller Marinefahrzeuge. Die Seeleute mit ihren kurzgeschorenen Haaren zeigten ganz ähnliche Neigungen wie die Landsoldaten. Und in ihrer Freizeit erfreuten sich die Soldaten in jenen Kriegsjahren im »Grand Hotel« an ihrer Freiheit und nahmen sich Freiheiten heraus. Das Hotel bot auch schöne Möglichkeiten für verlängerte Wochenende und einen ganzen Urlaub. Die Gangsterbande im Hintergrund wußte nur zu gut, wie man so ein Hotel in Schwung bringt. Vor allem nachdem die Detektive vom 89. Revier gegen Bezahlung ein Auge zudrückten. Die Gangsterbande ließ das »Royal Arms« auf der anderen Straßenseite völlig in Ruhe. Sie brauchten diese Konkurrenz nicht mit Gewalt zu beseitigen. Die Gangster richteten nur in ihrem eigenen Hotel einen flotten Nachtklub ein und lockten die Soldaten von weither an.

Es ist keineswegs illegal, einen Nachtklub zu betreiben, jedenfalls nicht, wenn man eine Show-Lizenz hat. Die Gangsterbande bekam diese Lizenz sehr leicht, denn sie hatten einen absolut sauberen Strohmann vorzuweisen. Also war der Nachtklub ganz und gar gesetzlich aufgezogen. In einem solchen Nachtlokal erwartet man natürlich, daß es ein Ballett gibt, Mädchen also, die ihre Beine hoch in die Luft werfen. Das war in den damaligen Zeiten der Strumpfhaltergürtel und der schwarzen Strümpfe freilich ein sehenswerter Anblick. Solche Vorkommnisse mußte man in einem Nachtklub als gegeben hinnehmen, jedenfalls in einer Großstadt. Aber die Polizeibeamten wurden nicht dafür bestochen, daß sie wegschauten, wenn ein Dutzend Mädchen im Nachtklub die Beine in die Luft warfen. Nein, die Polizisten erhielten ihr Geld, weil ein paar hundert Mädchen in den oberen Stockwerken ihre Beine breitmachten.

Kurzum, das »Grand« war ein Bordell ersten Ranges.

Und geschäftlich sehr erfolgreich. Bis jemand alle diese hart arbeitenden Polizeibeamten verpfiff, die ständig beide Augen zudrückten. Unterdessen war es mit dem »Royal Arms« immer weiter bergab gegangen. Denn den Betten voller Fleisch auf der anderen Straßenseite hatte dieses ärmliche Haus nichts entgegenzusetzen. Als endlich im »Grand« der große Krach losging und für ein halbwegs ordentliches

Hotel wie das »Royal Arms« wieder ein Aufschwung möglich gewesen wäre, war es zu spät. Die Stammkundschaft aus müden Vertretern war ins »Grand« abgewandert, wo man zu mäßigen Preisen frische Kräfte gewinnen konnte. Ironischerweise wurde das ehemalige »Grand Hotel« jetzt von der Stadt als vorübergehende Unterkunft für Wohlfahrtsempfänger gemietet. Die Leute, die jetzt darin wohnten, waren arm, aber anständig. Doch das »Royal Arms« war inzwischen zu einem Hafen für Prostituierte und Rauschgiftsüchtige geworden.

Albert Brice bewohnte das Zimmer 1406 im »Royal Arms«.

Die Kriminalbeamten fragten an der Rezeption nach ihm, und der Portier erkannte in ihnen sofort Polizisten. Sogleich fragte er, wie er der Polizei dieser schönen Stadt behilflich sein könne. Sie sagten es ihm.

Fünf Minuten vor sieben Uhr klopfte Detective Hal Willis an die Tür des Zimmers 1406. Carella stand gleich rechts an der Wand und hielt die gezogene Schußwaffe bereit. Auf dem Wege zum Hotel hatten sie ihren Plan besprochen und sich darauf geeinigt, Al Brice mit äußerster Vorsicht anzugehen. Im Normalfall wären sie wegen seiner schweren Bewaffnung auf die Tür losgestürmt, hätten sie aufgebrochen und einen Kugelhagel in das Zimmer geschickt in der Hoffnung, dabei Brice zu erwischen, ehe er die Magnum heben konnte. Vor dem .38er Revolver hatten sie nicht allzuviel Angst (ehrlich nicht), doch vor einer Magnum mußte man Respekt haben. Mit einer Kugel aus ihrem Lauf konnte man glatt einen Arm, ein Bein oder einen erheblichen Teil des Kopfes abreißen. Den Polizisten lag nichts daran, einem schießwütigen Verbrecher mit einer Magnum in der Hand gegenüberzustehen. Das hätten sie nicht einmal gewollt, wäre Brice allein in dem Zimmer gewesen.

Aber der Mann war nicht allein. Er war zusammen mit einer Frau angekommen, und zwar gestern gegen Mitternacht. Eine halbe Stunde, nachdem Augusta Blair Kling aus ihrem Hotelzimmer entführt worden war. Die Frau in Brices Begleitung konnte irgendeine sein. Nichts deutete darauf hin, daß es sich um Augusta handelte. Aber Carella und Willis mußten von der Theorie ausgehen, daß es womöglich doch Augusta war. Jedenfalls durfte die Möglichkeit nicht außer acht gelassen werden. Handelte es sich bei der Frau im Zimmer 1406 aber um Augusta, so war es natürlich völlig ausgeschlossen, unter einem Kugelhagel dort einzudringen. Deshalb hatten sie den Portier aufgefordert, in dem Zimmer anzurufen und Brice mitzuteilen, daß der Installateur auf dem Wege nach oben sei, um die Wasserleitung zu überprüfen. Brice hatte sofort gefragt: »Was für einen Wasserhahn? Wovon, zum Teufel, sprechen Sie?« Woraufhin der Portier ihm einfach erklärt habe, der Installateur käme jetzt herauf. Wäre das »Royal Arms« ein etwas besser eingerichtetes Hotel gewesen, dann hätte Willis sich vielleicht als Zimmerkellner oder Page ausgegeben. Doch man mußte sich der traurigen und betrüblichen Tatsache beugen, daß es dergleichen im »Royal Arms« nicht gab. Also klopfte Willis an die Tür, und Brice rief von drinnen: »Wer ist da?«

Woraufhin Willis antwortete: »Der Installateur.«

»Ich habe keinen Installateur verlangt«, erklärte Brice, der offensichtlich unmittelbar hinter der Tür stand.

»Schon recht, aber wir müssen den Wasserhahn in Ordnung bringen, Mister«, sagte Willis. »Das ist Vorschrift, wir müssen sonst eine Geldstrafe zahlen, wenn wir das nicht in Ordnung bringen.«

»Schön, dann kommt später noch einmal wieder«, sagte Brice.

»Das kann ich nicht. Um fünf Uhr ist Feierabend.«

»Scheiße«, knurrte Brice, schob den Riegel zurück und öffnete die Tür weit.

»Polizei!« rief Willis. »Keine Bewegung.«

Brice schien im Begriff sich zu bewegen, überlegte es sich aber anders, als er die Waffe in der Faust des Kriminalbeamten sah.

»Was gibt es denn?« fragte er verhältnismäßig ruhig.

Die beiden Kriminalbeamten waren unterdessen in das Zimmer eingedrungen. Carella schloß die Tür hinter sich. An der gegenseitigen Wand stand ein ungemachtes Bett, aber niemand war darin.

»Wo ist die Frau?« fragte Willis.

»Auf der Toilette«, gab Brice Auskunft. »Was, zum Teufel, soll das Ganze?«

»Kommen Sie raus da!« rief Carella.

»Los, raus!« schrie Brice noch lauter.

»Wer ist denn da?« fragte eine Frauenstimme hinter der verschlossenen Badezimmertür.

»Nur ein paar Polypen. Komm raus, ja?«

»Nun, okay«, ließ sich die Frauenstimme vernehmen. Die Tür ging auf: Die Frau war nackt. Genauer gesagt, beinahe nackt. Sie trug bis zu den Knien heruntergerollte blaue Strümpfe und dazu hochhackige rote Schuhe. Die Frau mochte vielleicht 27 oder 28 Jahre zählen. Früher einmal hätte man sie gewiß als hübsch eingestuft. Aber das war damals, als noch Ritter über die Erde schwärmten und Ritterlichkeit an der Tagesordnung war. Doch Ritterlichkeit ist tot, und auch der Geist dieser Frau war tot, erschlagen in tausend schäbigen Hotelzimmern durch eine Menge von gesichtslosen Männern, erschlagen durch zu viele Einstiche an den Innenseiten beider Arme. Die Frau sah genau aus wie das, was sie in Wirklichkeit war – ein rauschgiftsüchtiges Flittchen. Ihre Nacktheit bot nichts Erregendes. Die Detective hatten bereits nackte Leichen gesehen, die genausoviel Leben in sich hatten.

»Sonst noch jemand hier?« fragte Carella.

»Niemand«, gab Brice zurück. »Nur wir beide.«

»Hal?« Carella nickte zu seinem Kollegen hinüber, und Willis ging daran, das Badezimmer zu durchsuchen.

»Worum geht es überhaupt?« wollte Brice wissen.

»Wo waren Sie gestern den ganzen Tag?« forschte Carella.

»Warum?«

»Wir wollen nicht lange darum herumreden«, sagte Carella. »Der Frau eines Polizeibeamten ist etwas zugestoßen. Und dieser Polizeibeamte ist einer von denen, die schon mal mit Ihnen zu tun hatten. Also wo waren Sie gestern?«

»Welcher Polizeibeamte? Egal, Sie brauchen es nicht zu sagen. Es kann sich nur um den Lumpen handeln, der meinen Bruder erschossen hat. Habe ich recht?«

»Das stimmt.«

»Was ist seiner Frau zugestoßen? Ich hoffe nur, daß jemand –«

»Wo waren Sie gestern, Al?«

»Mister Brice, falls es Ihnen nichts ausmacht. Ich habe meine Zeit abgesessen und bin jetzt ein ehrlicher Bürger, also heiße ich für Sie

Mister Brice.«

»Wo waren Sie gestern – und sparen Sie sich das dumme Gequatsche. Wir wissen, daß Sie ein paar Waffen im Zimmer haben. Sofern Sie nicht einen Waffenschein besitzen . . .«

»Wenn Sie in diesem Zimmer eine Waffe finden, freß' ich das Scheißding. Wer hat denn behauptet, ich hätte hier eine Waffe?«

Willis kam aus dem Badezimmer, nickte Carella zu, und sie beide durchquerten gemeinsam das Zimmer zum Schrank hinüber.

»Fangen wir mal um drei Uhr nachmittags des gestrigen Tages an. Okay?« redete Carella weiter.

»Mit Scheiße werden wir anfangen«, schrie Brice, »ich war gestern den ganzen Tag mit Jenny zusammen. Was immer auch Klings Frau zugestoßen sein mag –«

»Den Namen kennen Sie also, wie, Al?« fiel Willis sofort ein.

»Den Namen von diesem Kerl werde ich nicht vergessen, solange ich lebe«, sagte Brice.

»Wie war es, Jenny?«

»Er war mit mir zusammen«, erklärte die Frau tonlos.

»Den ganzen Tag?«

»Den ganzen Tag.«

»Ihr seid nicht zufällig zu einer Hochzeit gegangen, wie?«

»Nein«, sagte Jenny.

»Wohin seid ihr denn gegangen?«

»Wir waren oben in meiner Wohnung«, gab Jenny Auskunft.

»Wenn Sie eine eigene Wohnung haben, warum sind Sie denn in dieses Hotel umgezogen?«

»Weil ich mit einer anderen zusammen wohne. Sie kam gegen elf Uhr nach Hause. Al und ich wollten aber noch zusammenbleiben.«

»Wie heißt Ihre Mitbewohnerin?« fragte Carella.

»Glenda.«

»Glenda – und wie weiter?«

»Glenda Manning.«

»Ist das ihr wirklicher Name?«

»Wirklich genug. Es steht jedenfalls so auf dem Briefkasten.«

»Wo?«

»1142 Jericho.«

»Ist sie jetzt dort?«

»Ich weiß nicht.«

»Hat die Wohnung Telefon?«

»Warum?«

»Weil ich die Frau anrufen und sie fragen möchte, ob Sie mit Al zusammen waren, als sie gestern abend nach Hause kam.«

»Gut, machen Sie nur«, sagte Jenny. »Die Nummer ist Halifax 4 – 30 71.«

Carella ging ans Telefon und hob den Hörer ab. Der Portier meldete sich sofort. Er gab ihm die gewünschte Nummer durch. Vom Schrank her sagte Willis: »So, in diesem Zimmer gibt es keine Waffen, Al? Und was soll das hier sein?« Er hob den .38er Revolver im Holster und eine Magnum vom Kaliber 357 hoch, die in ein Stück Tuch eingepackt war. Der lange Lauf ragte aus den Falten des Stoffes hervor.

»Ich weiß nicht, wo die herkommen«, sagte Brice.

»Das sind aber ein paar feine Ballermänner«, grinste Willis.

»Die hab' ich noch nie in meinem Leben gesehen.«

»Niemals, wie?«

»Niemals«, versicherte Brice. »Die müssen wohl dem vorigen Bewohner dieses Zimmers gehört haben.«

»Hm – hm«, machte Willis.

Carella sagte ins Telefon: »Kann ich mal mit Glenda Manning sprechen, bitte?«

»Hier ist Glenda«, antwortete eine Frauenstimme.

»Hier spricht Detective Steve Carella. Ich möchte Ihnen ein paar Fragen stellen.«

»Ja, bitte, worüber?« antwortete Glenda. »Falls sich jemand wegen dieser Telefonnummer eine Beschwerde hat einfallen lassen . . .«

»Hier ist nicht das Sittendezernat. Kein Grund zur Aufregung.«

»Warum sollte ich mich wohl aufregen?« meinte Glenda. »Selbst wenn dort das Sittendezernat wäre.«

»Glenda, wo waren Sie gestern abend um elf Uhr?«

»Warum?«

»Routineuntersuchung. Wo waren Sie?«

»Hier.«

»Waren Sie den ganzen Abend daheim?«

»Nein.«

»Um welche Zeit kamen Sie in Ihre Wohnung?«

»Tatsächlich so gegen elf Uhr.«

»Kann das jemand bezeugen?«

»Gewiß.«

»Wer?«

»Meine Mitbewohnerin und ihr Freund. Sie waren beide da, als ich heimkam.«

»Und das war gegen elf Uhr, wie Sie sagen?«

»Stimmt. Wir tranken zusammen eine Tasse Kaffee. Die beiden gingen dann Viertel vor zwölf fort.«

»In Ordnung, Glenda.«

»Was ist denn los?« wollte die Frau wissen.

»Nichts.«

»Warum wollen Sie dann wissen, wo ich mich um elf Uhr gestern aufgehalten habe?«

»Vergessen Sie es«, sagte Carella. »Sie haben keinerlei Grund zur Besorgnis.« Er hängte den Hörer wieder ein.

»Okay, Al«, meinte Willis, »wo stammen die beiden Ballermänner her?«

»Sie gehören mir nicht, das habe ich schon gesagt. Jemand muß sie in diesem Zimmer zurückgelassen haben.«

Willis seufzte, Carella warf ihm einen Blick zu.

»Wollen wir ihm daraus einen Strick drehen?« fragte Willis.

»Zu jeder anderen Zeit mit Freuden. Im Augenblick haben wir Wichtigeres zu tun. Bis später, Brice, bleiben Sie sauber. Wenn wir von diesen beiden Waffen künftig auch nur etwas riechen, stehen wir sofort vor Ihrer Tür.«

Willis warf den Revolver und die schwere Pistole auf das Bett.

»Nett, Sie kennengelernt zu haben, Miss«, sagte er zu der Frau.

»Das Vergnügen war ganz meinerseits«, gab sie ohne rechte Überzeugung zurück.

8

Zwanzig Minuten nach Mitternacht wäre Fat Ollie Weeks beinahe am Ende seiner Bemühungen gewesen. Mit der Hilfe von Kling, Cutler und Pike hatte er sämtliche Fotografien von Ehefrauen und Ehemännern, Freunden und Freundinnen sowie Freundin und Freunden und ferner (in einem Falle) Freundin und Freundin zu Paaren sortiert. Ihm blieben die Bilder von vier noch nicht identifizierten Männern und drei unbekannten Frauen übrig. Abermals hatte man die Einladungsliste daraufhin durchgesehen, ob etwa jemand allein zur Hochzeit und zum Empfang gebeten worden sei. Auf der Liste befanden sich achtzehn einzelne Namen, aber Kling sagte ihnen, daß die eingeladenen Einzelgänger aufgefordert waren, einen Gast mitzubringen, wenn sie wollten. Als Ollie das Hotel verließ, hatte er eine Liste dieser achtzehn Leute in der Tasche zusammen mit den Fotografien der noch nicht identifizierten sieben Personen. Zwanzig Minuten vor Mitternacht hatte er siebzehn der achtzehn Namen überprüft und alle bis auf eine Person identifiziert – einen blonden jungen Mann, der auf verschiedenen Bildern auftauchte, die in der Kirche gemacht worden waren. Hingegen erschien er nirgendwo auf den Fotografien vom Empfang. Ollies Aufgabe hätte man vielleicht als langweilig und ermüdend ansehen können. Aber bei ihm herrschten zwei Dinge vor: (1) er arbeitete gern mit Menschen zusammen und lief gern viel herum; (2) alle Frauen, mit denen er zu reden hatte, erwiesen sich als ausgesprochene Schönheiten.

Die letzte Frau auf seiner Liste war Linda Hackett. Von ihr als einziger wußte er, daß sie nicht schön war. Denn man hatte sie ihm auf den Fotografien von Hochzeit und Empfang gezeigt. »Miss Linda Hackett« – so war sie ihm sowohl von Cutler als auch von Pike bezeichnet worden (als handele es sich um eine Königliche Hoheit). Sie war Moderedakteurin eines bekannten Magazins. Eine formidable Frau von Anfang Sechzig mit riesigem Busen (der so hochgeschnürt war, daß sie wie eine Kropftaube wirkte). Sie hatte harte Augen, einen fast wilden Gesichtsausdruck und (so meinte wenigstens Cutler) den gespaltenen Hinkefuß des Teufels. Ollie war müde. Jetzt wollte er nur noch nach Hause, sich einen Drink eingießen, ein wenig fernsehen und dann schlafen gehen. Aber es bestand immerhin die Möglichkeit, daß Miss Linda Hackett auf der gestrigen Festlichkeit mit einem Begleiter erschienen war. Dafür kam als einziger der blonde junge Mann in Betracht, also drückte Ollie auf die Türglocke.

»Wer ist da?« fragte eine Frauenstimme von drinnen.

»Die Polizei, Miss.«

»Was, die Polizei?«

»Jawohl, Miss.«

»Moment mal.«

Er wartete. Drinnen wurde die Tür aufgeriegelt. Sie öffnete sich um einen Spalt und wurde dann durch eine Sicherheitskette gestoppt. Ollie streckte seine Polizeimarke aus. »Detective Oliver Weeks«, stellte er sich vor. »Ich würde bitte gern mit Miss Linda Hackett sprechen.«

»Ich bin Miss Linda Hackett.«

»Miss Hackett«, begann Ollie, »ich müßte Ihnen ein paar Fragen stellen, wenn es Ihnen nichts ausmachte, die Kette abzunehmen und mich einzulassen.«

»Es ist beinahe Mitternacht«, lehnte sie ab. »Ich wollte gerade zu Bett gehen.«

»Ich werde mich so kurz wie möglich fassen«, versprach Ollie und räusperte sich.

»Ja . . .«

»Bitte, Miss Hackett, dieses Gespräch wäre von äußerster Wichtigkeit.«

»Nun gut«, gab sie nach, »aber Sie werden sich eine Minute gedulden müssen.«

»Gewiß, gern.«

Sie schloß die Tür. Ollie stellte sich vor, sie würde einen Bademantel oder eine Hausrobe überwerfen. Er wußte aus Erfahrung, daß aus irgendeinem unerfindlichen Grunde jede Frau zehn bis zwölf Minuten braucht, um einen solchen Mantel überzuwerfen. Bei einem Mann dauerte die gleiche Aktion kaum anderthalb Minuten. Seufzend zog er eine Zigarette aus der Brusttasche, zündete sie an und hatte sie tatsächlich bis zum Filtermundstück heruntergeraucht, als drinnen die Sicherheitskette weggezogen wurde. Er trat den Stummel auf dem Fußboden aus und warf einen Blick auf die Uhr. Es war zehn Minuten vor zwölf. Miss Linda Hackett öffnete die Tür. Persönlich erschien sie noch überwältigender als auf den Fotografien. Auf den Bildern hatte man vor allem nicht die richtige Vorstellung von ihrer Größe. Jetzt, im Vergleich mit dem Türrahmen, erkannte Ollie, daß sie mindestens ein Meter fünfundsiebzig groß war, wenn nicht noch größer. Überdies hatte sie breite Schultern. Ihr Gesicht wirkte steinhart. Nase, Mund und das massive Kinn schienen wie aus Fels gemeißelt. Sie besaß die ganze Fraulichkeit und Grazie einer Straßenwalze oder einer Ringkämpferin – und dennoch war sie Redakteurin einer der einflußreichsten Modezeitschriften der Welt.

»Kommen Sie rein«, sagte sie kurz.

Seufzend folgte ihr Oliver in das Wohnzimmer und ließ sich neben ihr auf dem Sofa nieder. Dann zückte er seine Fotos, räusperte sich abermals und erklärte einleitend: »Ich werde Ihnen ein paar Bilder zeigen, die gestern auf Augusta Blairs Hochzeit gemacht wurden, und ich werde Sie fragen, ob Sie den jungen Mann auf diesen Bildern erkennen.«

»Warum?« wollte Miss Linda Hackett sofort wissen.

»Das kann ich Ihnen nicht sagen«, lehnte Ollie ab.

»Sie kommen hier mitten in der Nacht an und –«

»Ja, aber –«

»Nun gut, zeigen Sie erstmal die Bilder her. Ihr Polizisten laßt euch wahrhaftig alles mögliche einfallen. Wo waren Sie denn, als im vergangenen Juli meine Wohnung ausgeraubt wurde?«

»Da handelte es sich doch um einen Diebstahl«, verbesserte Ollie.

»Ja, wo waren Sie denn damals?«

»Das ist nicht mein Revier«, gab Ollie Auskunft. »Ich gehöre zum 83. Revier.«

»Was machen Sie denn dann mitten in der Nacht mit Bildern, die ich mir ansehen soll, in einem fremden Revier?«

»Das wäre allzu kompliziert zu erklären«, sagte Ollie.

»Das kann ich mir lebhaft vorstellen. Zeigen Sie die verdammten Bilder her. Ich habe morgen um acht Uhr eine Konferenz. Verstehen Sie das?«

»Tut mir leid, das konnte ich nicht wissen.«

»So zeigen Sie schon die dummen Bilder.«

Er zeigte ihr die Abzüge.

»Dies ist der Mann, um den es mir geht. Der Blonde. Kennen Sie ihn?«

»Den da?«

»Ja.«

»Wer soll er denn sein?«

»Wie, was meinen Sie«, fragte Ollie.

»Nun, was hat er verbrochen? Hat er einen der Gäste beraubt oder sonst etwas getan?«

»Mir steht nicht frei, Ihnen solche Einzelheiten anzuvertrauen. Ich möchte nur wissen, ob Sie ihn erkennen?«

»Zeigen Sie mir mal die anderen Bilder, ist er auf allen drauf?«

»Ja.«

»Dann zeigen Sie her. Wo sind diese Aufnahmen gemacht worden? In der Kirche?«

»Ja.«

»Hm«, machte sie und studierte die Fotos. Der fragliche Mann schien etwa Ende zwanzig zu sein. Er hatte ein schmales Gesicht mit langem, glatten Blondhaar und helle Augen. Auf allen Bildern starrte er mit ernstem Gesicht direkt vor sich hin.

»Was starrt er denn so an?«

»Nun, da die Bilder in der Kirche gemacht wurden, beobachtet er wahrscheinlich die Trauzeremonie.«

»Der sieht richtig unheimlich aus«, meinte die Redakteurin und blickte plötzlich auf. »Finden Sie nicht auch, daß er unheimlich wirkt?«

»Ja, das stimmt.«

»Jesus, macht der aber einen unheimlichen Eindruck«, fügte sie noch einmal erschauernd hinzu.

»Erkennen Sie ihn?« forschte Ollie.

»Nein«, versicherte sie.

Er saß unmittelbar an der Tür. Augusta hatte ihn vor etwa zehn Minuten hereinkommen gehört. Während der ganzen Zeit hatte er kein Wort gesprochen. Sie wußte nur, daß er dort saß und sie beobachtete. Dennoch schrak sie zusammen, als seine Stimme ertönte.

»Ihr Ehemann ist blond«, sagte er.

Sie nickte. Antworten konnte sie nicht, denn er hatte ihr nach dem ersten Gespräch wieder den Mund verklebt. Allerdings war ihr der Knebel erspart geblieben. Der Mann hatte sich damit begnügt, ihr dickes Klebeband über den Mund zu kleben und hinter dem Nacken zu befestigen. Das war irgendwann nach drei Uhr dreißig gewesen. Er hatte ihr gegenüber die Zeit selbst erwähnt. Unterdessen war sie halb verhungert. Wenn er ihr jetzt etwas zum Essen anbot, wollte sie es annehmen. Durch ein Geräusch tief hinten in der Kehle deutete sie ihm an, daß sie zu sprechen wünschte. Entweder hörte er es nicht, oder er tat nur so.

»Was glauben Sie, was ich für eine Haarfarbe habe?« fragte er.

Sie schüttelte den Kopf. Natürlich wußte sie, welche Haarfarbe er hatte. Schließlich war er ohne Kopfbedeckung nur im Schutz eines Mundschutzes ins Hotelzimmer gestürmt. Auch er hatte blondes Haar, und die Augen über dem Mundschutz ...

»Sie wissen es nicht?« forschte er.

Abermals schüttelte sie den Kopf.

»Ach, aber Sie haben mich doch gesehen«, stichelte er sanft. »Im Hotel. Ganz bestimmt haben Sie da die Farbe meines Haares bemerkt.«

Sie stieß abermals einen dumpfen Laut hinter dem Verband aus, der ihr die Lippen schloß.

»Ist etwas?« fragte er.

Sie hob das Kinn, drehte den Kopf und versuchte, ihm klarzumachen, daß er ihr die Binde vom Mund nehmen möge. Während sie das tat, spürte sie ihre völlige Abhängigkeit von ihm, und ihre Hilfslosigkeit versetzte sie in Wut.

»Ach, das Klebeband. Wünschen Sie, daß ich das Klebeband abmache, ist es das?«

Sie nickte.

»Sie möchten mit mir sprechen?«

Wieder nickte sie.

»Ich will aber nicht mit Ihnen reden, wenn Sie mit Lügen fortfahren«, sagte er, und sie hörte, wie er sich vom Stuhl erhob. Die Tür wurde eingeklinkt und verschlossen. Er hatte das Zimmer verlassen.

Erst nach einem Zeitraum, der ihr sehr lang vorkam, kehrte er zurück.

»Augusta?« flüsterte er, »schlafen Sie?«

Sie schüttelte den Kopf.

»Wissen Sie, wie spät es ist?«

Wieder ein Kopfschütteln.

»Es ist zwei Uhr morgens. Sie sollten versuchen, zu schlafen, oder möchten Sie lieber reden?«

Sie nickte noch einmal.

»Aber Sie dürfen mich nicht wieder anlügen. Vorhin haben Sie mich beschwindelt. Sie haben behauptet, nicht zu wissen, welche Haarfarbe ich habe. Sie wissen doch, was für Haar ich habe, nicht wahr?«

Sie nickte langsam.

»Soll ich das Klebeband entfernen? Sie müssen aber versprechen, nicht zu schreien. Da, fühlen Sie.« Er hatte sich an ihre Seite bewegt, und jetzt spürte sie den kalten Stahl des Skalpells an ihrem Hals. »Sie wissen, was das ist. Ich muß leider Gebrauch davon machen, falls Sie schreien sollten. So«, fuhr er fort und ließ die flache Klinge unter das Klebeband schlüpfen. Dann drehte er es herum, durchschnitt den Streifen und zog den Rest ab.

»Vielen Dank«, sagte sie.

»Gern geschehen. Sind Sie hungrig?«

»Ja.«

»Das habe ich mir gedacht. Sie brauchen vor mir keine Angst zu haben, Augusta.«

»Ich fürchte mich nicht«, log sie.

»Ich werde Ihnen sogleich etwas zu essen machen.«

»Vielen Dank.«

»Welche Haarfarbe habe ich also, Augusta? Bitte lügen Sie mir diesmal nichts vor.«

»Blond«, sagte sie.

»Ja, und meine Augen?«

»Blau.«

»Sie haben mich aber sehr genau angesehen.«

»Ja.«

»Und warum haben Sie gelogen? Meinten Sie, ich hätte Angst Sie könnten mich identifizieren, und ich würde Ihnen vielleicht deshalb etwas antun?«

»Warum sollten Sie mir etwas antun wollen?« fragte sie zurück. »Haben Sie gedacht, daß ich Ihnen etwas tun könnte?«

»Warum bin ich hier?« beantwortete sie wieder Frage mit Frage.

»Augusta, bitte, Sie machen mich schon wieder ärgerlich. Wenn ich Sie etwas frage, antworten Sie bitte. Ich weiß, daß Sie viele Fragen stellen möchten. Aber zuerst frage ich. Verstehen Sie das?«

»Ja«, erwiderte sie.

»Warum kommen meine Fragen zuerst?« fragte er weiter.

»Weil ...« Sie schüttelte den Kopf, denn Augusta hatte keine Ahnung, welche Antwort von ihr erwartet wurde.

»Weil ich derjenige bin, der das Skalpell hat«, erklärte der Mann.

»Ja.«

»Und Sie sind diejenige, die hilflos gefesselt ist.«

»Ja.«

»Sind Sie sich darüber im klaren, wie hilflos Sie sind, Augusta?«

»Ja.«

»Ich könnte Ihnen alles mögliche antun, wenn ich wollte.«

»Aber, Sie haben doch gesagt ...«

»Was habe ich gesagt?«

»Daß Sie mir nichts tun würden.«

»Nein, das habe ich nicht gesagt, Augusta.«

»Ich meinte ...«

»Dann müssen Sie eben genauer hinhören.«

»Ich war der Meinung, Sie hätten das so gesagt.«

»Nein, wenn Sie nicht so scharf darauf wären, mir Ihre eigenen Fragen zu stellen, würden Sie vielleicht sorgfältiger auf das hören, was ich zu sagen habe.«

»Jawohl, ich werde mich bemühen, besser aufzupassen«, versprach sie.

»Das müssen Sie auch.«

»Ja.«

»Ich habe nicht gesagt, ich würde Ihnen nichts antun. Vielmehr fragte ich, ob Sie wohl meinten, ich könnte Ihnen etwas antun. Ist das nicht so?«

»Ja, ich erinnere mich jetzt.«

»Und diese meine Frage haben Sie noch nicht beantwortet. Möchten Sie jetzt darauf Antwort geben? Ich wiederhole noch einmal. Ich habe gefragt –«

»Ich habe Ihre Frage nicht vergessen.«

»Bitte, unterbrechen Sie mich nicht, Augusta. Sie machen mich sonst ungeduldig.«

»Es tut mir leid, ich . . .«

»Augusta, soll ich Ihnen den Mund wieder verkleben?«

»Nein, bitte nicht.«

»Dann sprechen Sie bitte nur, wenn ich Sie dazu auffordere. In Ordnung?«

»Ja, in Ordnung.«

»Ich habe gefragt, warum Sie mich angelogen haben. Ich fragte ferner, ob Sie sich darum Sorgen machten, ich könnte Ihnen etwas antun, weil Sie dazu in der Lage wären, mich zu identifizieren.«

»Ja, daran erinnere ich mich.«

»Haben Sie deswegen gelogen, Augusta?«

»Ja.«

»Dabei muß Ihnen doch klar sein, daß ich wußte, daß Sie mich gesehen haben.«

»Ja, aber Sie hatten doch so einen Mundschutz übergezogen. Ich weiß wirklich noch nicht, wie Sie tatsächlich aussehen. Der Mundschutz bedeckte –«

»Sie wollen sich schon wieder hinter etwas verkriechen, nicht wahr?« unterbrach er sie. »Indem Sie behaupten, Sie wüßten immer noch nicht, wie ich aussehe?«

»Mag sein, ja. Aber es ist wahr. Es gibt viele Leute mit blondem Haar und . . .«

»Aber Sie suchen schon wieder Schutz und wollen sich verkriechen?«

»Ja, ja, das tue ich. Ja.«

»Weil Sie immer noch fürchten, ich könnte Ihnen etwas antun.«

»Ja.«

»Das könnte ich wirklich«, lachte er. Er packte ihr Kinn, verklebte ihr wieder den Mund und eilte rasch aus dem Zimmer.

Augusta lag auf dem Fußboden und begann, heftig zu zittern.

Nach einer Weile hörte sie den Schlüssel im Schloß. Die Tür wurde geöffnet. Er kam zu ihr herüber. Augusta lag nahe der Wand. Schweigend blieb er eine lange Weile vor ihr stehen.

»Augusta«, sagte er schließlich. »Ich möchte Sie nicht andauernd knebeln. Vielleicht wird Ihnen klar, wie sinnlos alles Schreien wäre, wenn ich Ihnen die Situation erkläre. Wir befinden uns in einem alten dreistöckigen Rotziegelbau, Augusta. Und zwar im obersten Stockwerk. Die beiden ersten Geschosse sind an einen im Ruhestand lebenden Optiker und seine Frau vermietet. Die beiden fahren jedes Jahr zu Beginn des Monats November nach Florida. Also sind wir ganz allein im Gebäude. Das Zimmer, in dem wir uns befinden, Augusta, war früher einmal eine große Küche. Seit ich die Wohnung bezogen habe, wird sie als Abstellraum benutzt. Im Augenblick ist hier alles ziemlich leer. Vorigen Monat habe ich aufgeräumt, nachdem ich beschlossen hatte, was geschehen sollte. Verstehen Sie?«

Sie nickte.

»Fein«, meinte er und schnitt abermals das Mundpflaster los. Augusta schrie nicht. Sie unterließ es lediglich aus Angst vor dem Skalpell. Sie glaubte keinen Augenblick, daß sie mit dem Manne allein in einem dreistöckigen Rotziegelbau war. Falls er sie nicht wieder knebelte, wollte sie ganz bestimmt um Hilfe rufen, sobald er das Zimmer verließ.

»Ich habe etwas Suppe gemacht«, sagte er. »Sie müssen sich hinsetzen. Und ich muß Ihnen die Handfesseln lösen.«

»Gut«, nickte sie.

»Sie wünschen doch, daß ich Ihnen die Handfesseln löse?«

»Ja.«

»Und die an den Füßen auch?«

»Ja.«

»Nein«, lachte er. »Ihre Füße bleiben gefesselt. Ich werde das Klebeband durchschneiden, mit dem Ihre Hände auf dem Rücken festgehalten werden. Versuchen Sie nicht, nach mir zu schlagen, sobald Ihre Hände frei sind. Ganz im Ernst, ich werde mit dem Skalpell schneiden und stechen, falls Sie sich zur Wehr setzen. Betrachten Sie dies als ein Versprechen. Außerdem werde ich dann die Suppe in die Toilette schütten und nicht mehr daran denken, Sie zu füttern.«

»Sie haben mein Versprechen«, sagte Augusta.

»Und auch hinsichtlich des Schreiens. Im Ernst, hier hört uns sowieso niemand. Ich rate Ihnen also, nicht zu schreien. Sie reizen mich allenfalls zu einer Gewalttat.«

Er sagte die Worte so ernst und so sachlich, daß sie ihm sofort glaubte.

»Ich werde nicht schreien«, versprach sie.

»Das wäre auch ganz in Ihrem eigenen Interesse.« Er schnitt die Handfesseln durch. Sofort fühlte sich Augusta versucht, nach der Augenbinde zu greifen und sie loszureißen, aber sie dachte an das Skalpell.

»Ist es besser so?« erkundigte er sich.

»Ja, danke sehr.«

»Kommen Sie.« Er zog sie an die Wand und lehnte sie dagegen. Sie hielt die Hände im Schoß, während er sie Löffel um Löffel fütterte. Die Suppe war köstlich. Augusta wußte nicht, was für Suppe es war. Aber sie schmeckte, als seien darin Fleischklößchen, Nudeln und Sellerie. Immer noch lagen ihre Hände im Schoß. Gehorsam machte sie den Mund auf, jedesmal, wenn der Löffel ihre Lippen berührte. Der Mann ließ kleine zufriedene Geräusche hören, während sie die Suppe schluckte. Schließlich sagte er: »Alle, Augusta«, so, als spräche ein Vater zu seinem kleinen Kind.

»Vielen Dank, die Suppe war sehr gut.«

»Kümmere ich mich gut um Sie, Augusta?«

»Ja, die Suppe war ausgezeichnet.«

»Vielen Dank. Ich werde mich immer bemühen, mich sehr um Sie zu kümmern.«

»Das tun Sie ja, aber . . .«

»Aber Sie möchten gern die Füße freibekommen.«

Sie zögerte und sagte dann ganz leise: »Ja.«

»Dann werde ich Sie also befreien«, fuhr der Mann fort.

»Was?«

»Haben Sie nicht gehört, was ich sagte?«

»Ja, aber . . .«

»Ich werde Sie befreien, Augusta.«

»Sie scherzen. Damit wollen Sie mich nur quälen.«

»Nein, nein – ich werde Sie tatsächlich befreien.«

»Ach, bitte, ja?«

»Ja.«

»Vielen Dank. O Gott, ich danke Ihnen, und wenn Sie mich gehen lassen, dann verspreche ich Ihnen, daß ich bestimmt nicht –«

»Sie gehen lassen?« unterbrach er sie.

»Ja, Sie –«

»Nein, ich habe nichts davon gesagt, daß ich Sie laufen lassen werde.«

»Sie haben gesagt –«

»– daß ich Sie befreien will. Damit meinte ich, Ihnen die Füße losbinden.«

»Ich dachte –«

»Sie unterbrechen mich schon wieder, Augusta.«

»Tut mir leid, ich –«

»Warum haben Sie ihn geheiratet, Augusta?«

»Ich . . . bitte . . . bitte – lassen Sie mich gehen, ich verspreche auch, daß ich niemandem etwas sagen werde –«

»Ich werde Ihnen die Füße losbinden«, sagte er plötzlich. »Die Tür ist fest verriegelt und kann von beiden Seiten her nur mit dem Schlüssel geöffnet werden. Laufen Sie also nicht zur Tür, sobald ich Sie losgemacht habe.«

»Nein, nein, das werde ich nicht tun.«

Sie hörte, wie das Klebeband zerschnitten wurde. Plötzlich fühlte sie ihre Knöchel frei.

»Und nun werde ich auch noch die Augenbinde abnehmen. Es gibt in diesem Zimmer keine Fenster, nur die Tür. Das ist alles. Es wäre also dumm, vor der Zeremonie einen Ausbruchsversuch zu machen, Augusta, denn ich –«

»Was für eine Zeremonie«, fragte sie sofort.

»Sie unterbrechen mich dauernd«, fuhr er sie an.

»Tut mir leid, aber was –«

»Ich glaube nicht, daß Sie einen Fluchtversuch unternehmen.«

»Stimmt durchaus. Ich werde nicht zu fliehen versuchen. Aber welche Zere –«

»Immerhin, ich bin für einen großen Teil des Tages außer Hause. Ich gehöre zur arbeitenden Klasse. Obwohl die Tür fest verschlossen ist, kann ich das Risiko nicht eingehen, daß Sie sich doch irgendwie einen Fluchtweg verschaffen. Wenn Sie hier ausbrechen und die Straße hinunterrennen . . .«

»Das werde ich bestimmt nicht tun, wirklich nicht«, versprach sie. »Ich –«

»Immerhin muß ich mich gegen diese Möglichkeit schützen«, erklärte er lachend.

Sie nahm den wohlbekannten Geruch wahr und schreckte vor dem Klang seiner Stimme zurück. Dabei prallte sie gegen die Wand. Während sie versuchte, das Klebeband von den Augen zu reißen, zog er ihre Hände herunter und drückte ihr den mit Chloroform getränkten Wattebausch abermals über Nase und Mund. Augusta schrie und schrie so laut sie konnte.

Aber niemand kam ihr zu Hilfe.

9

Am Dienstag morgen um acht Uhr wateten Carella, Kling und Fat Ollie Weeks buchstäblich bis an die Knöchel in den Akten, die ihnen vom Erkennungsdienst heraufgeschickt worden waren. Arthur Brown nahm einen Anruf entgegen.

»Detective Brown?« meldete sich der Gaucho.

»Ja, Palacios, was gibt es?«

»Vielleicht habe ich etwas, vielleicht auch nicht.«

»Laß mal hören.«

»Sie kennen La Via de Putas?«

»Ist mir bekannt.«

»Dort gibt es ein Lokal mit Namen Mama Inez. Ja?«

»Ja, auch das kenne ich.«

»Okay. Gestern abend war da ein Kerl mit einer von den Nutten zusammen. Er hat ziemlich viel getrunken und erzählte dem Mädchen, jetzt hätte er sich endlich gerächt. Sie fragt sofort, was für eine

Rache er meint und wovon er überhaupt redet. Und da sagt er, er hätte sich endlich an dem Polizisten gerächt.«

»An welchem Polizisten?«

»Das hat er ihr nicht anvertraut.«

»Wie heißt der Mann?«

»Er gehört dort zu den Stammkunden. Kommt jeden Montagabend und verlangt immer eine Negerin. Er steht auf schwarze Weiber, verstehen Sie? Ihm ist ganz egal, ob sie dick, dünn oder kahlköpfig ist. Wenn sie nur schwarze Haut hat.«

»Black is beautiful«, erklärte Brown trocken. »Wie heißt er?«

»Sein Name ist Anthony Hill. Mama Inez weiß nicht, wo er wohnt. Aber sie meint, wahrscheinlich in Riverhead. Er ist verheiratet. Wenn Sie bei ihm anklopfen, sollten Sie am besten nicht erwähnen, daß Sie Namen und Adresse von einer Dame haben, die ein Hurenhaus leitet.«

»Ja, vielen Dank, Palacios.«

»Sagen Sie mir Bescheid, wenn sich der Tip als brauchbar erwiesen hat?«

»Wird gemacht.«

Brown hängte ein und ging zu Meyer hinüber, der an seinem Schreibtisch saß und die Akten von Klings Arrestanten durchging.

»Meyer, das war der Gaucho«, sagte Brown. »Gestern abend hat ein Mann in Mama Inez' Lokal zu einer von den Nutten gesagt, er hätte jetzt endlich seine Rache an einem Polizisten genommen. Sollen wir der Sache mal nachgehen? Ob es sich lohnt?«

»Im Augenblick«, entgegnete Meyer, »kann sich für uns alles und nichts lohnen.«

Im Telefonbuch stand Anthony Philipp Hill unter 1148 Lowery Drive in Riverhead. Nach einer Fahrt quer durch die ganze Stadt hielten die Detective vor einem gelben Ziegelgebäude. Es war kurz nach neun Uhr. Die Reihe der Briefkästen im Erdgeschoß des Apartmenthauses verriet ihnen, daß A. P. Hill im Apartment 44 wohnte. Der Fahrstuhl brachte sie zum vierten Stockwerk hinauf. Sie klopften an die Tür.

»Wer ist da?« fragte eine Frau.

»Polizei«, antwortete Brown.

»Polizei?« kam es fragend von drinnen. »Das soll wohl ein Scherz sein.«

Die Frau öffnete die Tür und spähte in den Flur hinaus. Die Kriminalbeamten hatten eine schlampige Blondine von knapp vierzig Jahren vor sich. Sie trug das Haar auf Lockenwickler gedreht. Die dunklen Augen waren argwöhnisch halb zugekniffen. Zuerst schaute sie Brown, dann Meyer an und meinte schließlich: »Sie können sich wahrscheinlich ausweisen, nehme ich an.«

»Wir haben unsere Polizeimarken dabei«, erklärte Brown mürrisch und zeigte ihr sein Blechschild. Die Frau studierte es aufmerksam, als sei sie sicher, Brown habe es gefälscht. Als sie sich von der Echtheit überzeugt hatte, wandte sie sich an Meyer und sagte: »Und Ihr Ausweis?«

»Warum?« fragte Meyer. »Ist seiner nicht gut genug?«

»Ich lasse niemanden in die Wohnung, der sich nicht ausweisen kann«, erklärte die Frau.

Seufzend zog Meyer das kleine Lederetui aus der Hüfttasche. Er öffnete es und hielt ihr seine Polizeimarke und Personalausweis hin. Auch dieser wurde von der Frau genau betrachtet. »Wir suchen einen gewissen Anthony Hill. Ist er zufällig zu Hause?«

»Er ist zufällig nicht zu Hause«, gab die Frau Auskunft.

»Darf ich meinen Ausweis wieder einstecken?« fragte Meyer.

»Ja, ich glaube schon, daß Sie von der Polizei sind.«

»Sind Sie Mrs. Hill?« schoß Brown seine erste Frage ab.

»Agnes Hill«, nickte sie.

»Wissen Sie, wo wir Ihren Mann finden können?«

»Er ist zur Arbeit. Was wollen Sie denn von ihm?«

»Mrs. Hill, hat Ihr Mann schon irgendwann mal mit Polizei oder Gericht zu tun gehabt?«

»Niemals. Was soll das heißen? Tony? Nie in seinem Leben. Mit dem Gericht? Niemals. Was meinen Sie damit? Ärger mit der Polizei?«

»Jawohl, Madame.«

»Noch nie.«

»Wo arbeitet er?«

»In dem Supermarkt an der Ecke Meredian und Folger. Er ist dort der Manager. Was verstehen Sie unter Ärger mit der Polizei? Was für Ärger?«

»Mit einem Polizeibeamten«, erklärte Meyer.

»Einem Polizisten?«

»Ja, einem von der Polizei.«

»Anthony Philipp Hill ist ein gesetzestreuer Bürger und hat keinen Ärger mit der Polizei«, versicherte Agnes.

Anthony Philipp Hill war ein Mann etwa Mitte vierzig mit einem runden Mondgesicht, geröteten Wangen, blauen Augen, buschigen, braunen Augenbrauen. Er war nicht ganz so kahlköpfig wie Meyer Meyer, aber nicht mehr weit davon entfernt. Er trug eine lange, weiße Schürze und zeigte beim Auftauchen der Kriminalbeamten im Supermarkt keinerlei Überraschung. Brown und Meyer nahmen automatisch an, daß seine Frau ihn unterdessen angerufen und gewarnt hatte. Hill erinnerte nicht einmal von ferne an den schmalen, blonden Mann, der in der Kirche fotografiert worden war. Aber allein aus diesem Grunde konnten die beiden Beamten auf seine Vernehmung nicht verzichten. Immerhin bestand die Möglichkeit, daß der Mann auf den Fotos angeheuert worden war, um Augusta zu entführen – eine schwache Möglichkeit zwar. Aber sie mußte als solche angenommen werden. In diesem Spiel mußten alle Möglichkeiten durchgegangen werden, bis sie sich als unmöglich erwiesen. Anthony Hill hatte einer Prostituierten gegenüber erwähnt, daß er sich endlich habe an einem Polizisten rächen können. Deshalb waren sie da. Kling war ein Polizist.

»Wir wollen gleich zur Sache kommen, Mr. Hill«, begann Brown. »Gestern abend waren Sie bei einer Nutte in einem Hurenhaus am –«

»Entschuldigung«, fiel Hill ihm ins Wort, »aber gestern abend habe ich Inventur gemacht.«

»Nein, gestern abend waren Sie –«

»Ich mache an jedem Montagabend Inventur«, versicherte Hill.

»Gewiß«, nickte Brown, »aber gestern abend waren Sie in einem Hurenhaus, das von einer alten, dicken Frau namens Mama Inez geleitet wird. Es befindet sich unten an der Mason Avenue, welche auch als La Via de Putas bekannt ist oder, übersetzt, ›die Hurenstraße‹. Also, das war gestern abend, Mr. Hill. Wir wollen nicht lange um die Sache herumreden. Okay? Kommen wir zur Sache.«

»Sie machen da einen Fehler«, beharrte Hill. »Ich kann nur hoffen, daß Sie meiner Frau nichts davon gesagt haben.«

»Nein, noch nicht. Ihrer Frau haben wir davon noch nichts gesagt«, erklärte Meyer.

In dem Gesichtsausdruck und in der Stimme des Supermarktmanagers zeichnete sich sofort eine unheimliche Erleichterung ab. Die beiden Männer schauten einander in die Augen. »Schon gut«, sagte Meyer und nickte. »Also, wollen Sie offen mit uns reden oder wie?«

»Worüber wollen Sie reden?«

»Wer ist der Polizist, an dem Sie sich gerächt haben?« fragte Brown.

»Was?«

»Handelt es sich um einen Polizeibeamten, von dem Sie mal festgenommen worden sind?«

»Hatten Sie schon jemals Schwierigkeiten mit dem Gesetz?« forschte Meyer weiter.

»Natürlich nicht«, versicherte Hill.

»Das läßt sich überprüfen«, warnte ihn Meyer.

»Prüfen Sie doch.«

»Festgenommen hat man Sie also noch nie?«

»Niemals.«

»Wer ist dann also der Polizist, von dem die Rede war?«

»Ich weiß gar nicht, wen Sie meinen könnten.«

»Sie waren gestern abend etwas betrunken und haben dieser Prostituierten erzählt, Sie hätten sich endlich an irgendeinem Polizisten gerächt. Von welchem Polizeibeamten war da die Rede?«

»Oh, oha«, machte Hill.

»Ja, oh, wer ist es?«

»Das ist der Streifenpolizist hier aus dem Revier.«

»Wo?«

»Hier, in unserem Viertel.«

»Wie heißt er?«

»Cassidy, Wachtmeister Cassidy.«

»Was ist mit ihm?«

»Das ist eine lange Geschichte.«

»Wir haben Zeit genug.«

Die Geschichte erwies sich wirklich als lang. Und langweilig obendrein. Außerdem hatte sie keine Pointe. Das Ganze war viel verlorene Zeit. Die Kriminalbeamten hörten sich alles mit wachsender Ungeduld an. Als Hill die Geschichte beendet hatte, herrschte ein langes, bedeutungsvolles Schweigen. Dann meinte Brown: »Das wollen wir einmal genau klären.«

»Jawohl, Sir«, versicherte Hill.

»Dieser Wachtmeister Cassidy ist neu in dieser Gegend.«

»Jawohl, Sir. Er ist vor etwa zwei Monaten hierher versetzt worden.«

»Und er hat bei Ihnen Krach geschlagen wegen der Schachteln und des anderen Verpackungsmaterials dort hinten draußen.«

»Ja, Sir. Es geht zur Hauptsache um Wellpappe und Kartons. Solche Kartons, in denen die Ware angeliefert wird. Einige von ihnen benutzen wir für das Leergut, wenn Flaschen zurückgenommen werden oder –«

»Ja, ja«, drängte Brown ungeduldig.

»– oder falls schwere Sachen zu transportieren sind, die einen Beutel zerreißen würden.«

»Schon gut. Sie haben also, wenn ich alles richtig verstanden habe, früher –«

»Stimmt«, nickte Hill.

»Sie haben also früher, ehe Cassidy hierher versetzt wurde, diese leeren Kartons jeden Tag draußen hinter dem Gebäude aufgestapelt. Der Abfallwagen kam aber immer nur montags und donnerstags, um die Pappbehälter abzuholen.«

»Stimmt, stimmt«, nickte Hill abermals. »Aber Cassidy behauptete, damit hätte ich gegen die Bestimmungen verstoßen.«

»Das stimmt auch«, versicherte Meyer.

»So hat Cassidy jedenfalls behauptet«, meinte Hill.

»Und mit Recht, es verstößt gegen die Bestimmungen, wenn Leergut und Sperrmüll zu anderen als den erlaubten Zeiten des Tages aufgestapelt werden, und das darf man eben nur, wenn der Müllwagen zu erwarten ist. Aufgestapelte Kartons bedeuten eine Feuergefahr, wie Sie wohl wissen müßten.«

»Ja, das hat auch Cassidy gesagt.«

»Was geschah also?«

»Er hat mir einen Strafzettel geschickt. Ich mußte damit vor Gericht und fünfzig Dollar Geldstrafe bezahlen. Dabei habe ich dem Richter klargemacht, daß ich von jeher meine Kartons dort unbeanstandet gestapelt hätte, und niemand hätte sich beschwert. Trotzdem meinte der Richter, ›dennoch ist es ein Verstoß, und dieser ausgezeichnete Polizeibeamte hat völlig richtig gehandelt‹. Genau das hat der Richter gesagt.«

»Wiederum mit Recht«, versicherte Meyer. »So etwas ist ein Verstoß gegen die Bestimmungen.«

»Das hat auch der Richter gesagt, und auch Cassidy sagte es«, wiederholte sich Hill.

»Also, wenn ich richtig verstanden habe . . .«, fiel Brown noch einmal ein.

»Jetzt halte ich die Kartons in einem Lagerraum, bis der Müllwagen fällig ist. Da ist so ein unbenutzter Raum rechts neben dem Fleischertisch. Falls Sie sich überzeugen wollen . . .«

»Nein, schon in Ordnung«, lehnte Brown ab.

»Dort drinnen bewahre ich die Kartons auf. Am Montag und am Donnerstag bringe ich sie für die Abfuhr hinaus.«

»Das ist in Ordnung und stellt keinen Verstoß mehr dar«, sagte Meyer.

»Was ich nicht verstehe, ist Ihr Ausspruch, Sie hätten sich nun an Cassidy gerächt«, wollte Brown noch wissen.

»Oh, das war wirklich gut«, kicherte Hill, und ihm fiel plötzlich alles wieder ein.

»Würden Sie uns das bitte erklären?«

»Aber gern«, kicherte Hill immer noch. »Ich habe die Kartons nicht hinausgestellt.«

»Das verstehe ich. Sie haben ordnungsgemäß die Kartons immer nur am Montag und am Donnerstag hinausgebracht, wenn der –«

»Nein, nein.«

»Nein?«

»Nein.«

»Was denn?« fragte Brown.

»Ich habe überhaupt keine Kartons hinausgestellt! Diese Idee kam mir letzten Monat. Was für ein Datum haben wir heute?«

»Heute ist Dienstag, der Elfte«, gab Meyer Auskunft.

»Richtig, die Idee kam mir am vierundzwanzigsten Oktober, das war der Tag, an dem ich die fünfzig Dollar Geldstrafe bezahlen mußte. Von diesem Tage an habe ich überhaupt keine Kartons mehr hinausgestellt, denn Cassidy kam natürlich, um sich zu überzeugen. Er kommt jeden Tag und sieht nach, ob etwas draußen steht, mit Ausnahme von Montag und Donnerstag, wenn der Müllwagen fällig ist. Der Vierundzwanzigste war ein Donnerstag, und just an diesem Tage hörte ich auf, Kartons aufzustapeln, obwohl der Müllwagen kommen mußte. Und am folgenden Montag waren wieder keine Kartons draußen. Noch am folgenden Donnerstag, noch am Montag danach . . .«

»Allmählich wird mir klar, worauf das hinauslief«, sagte Brown.

»Fünf große Ladungen Abfallkarton!« Hill schüttelte sich aus vor Lachen. »Fünf große Ladungen habe ich angesammelt und nicht hinausgestellt. Und jeden Tag schnüffelte dieser Cassidy herum, um zu sehen, ob ich nicht doch welche hingestellt hätte. Wissen Sie warum?«

»Warum?« fragte Meyer.

»Weil ich das ganze Zeug im Lagerraum gestapelt hatte! Ich wollte sie nicht hinausstellen! Ich habe diese Kartons buchstäblich gehortet, als seien sie aus echtem Gold.«

»Und dann?« fragte Brown.

»Gestern war Montag, der Tag für die Müllabfuhr, nicht wahr?«

»Stimmt.«

»Da holte ich alle die Kartons aus dem Lagerraum. Ich habe es persönlich gemacht. Hunderte von Kartons. Nein, Tausende! Die habe ich hinter dem Hause aufgestapelt. Das hat ausgesehen wie eine Festung aus Pappkarton. Cassidy kam gegen zehn Uhr morgens vorbei, lange bevor der Müllwagen fällig war. Dem sind fast die Zähne aus dem Mund gefallen. Man sah förmlich, wie er krampfhaft überlegte, ob das nun auch ein Verstoß sei oder nicht. Aber ich wußte, daß ich mir nichts hatte zuschulden kommen lassen. Denn es gibt keine Vorschriften über die Menge der Kartons, die man aufstapeln darf. Ich habe mich buchstabengetreu an die Verordnungen gehalten. O Himmel«, Hill schluchzte fast vor Lachen. »Den Ausdruck auf Cassidys Gesicht hätten Sie sehen müssen.«

»Und das war also Ihre Rache«, fragte Brown.

»Jawohl, Sir, das war meine Rache.«

»Aber hatten Sie denn keine Schwierigkeiten, alle diese vielen Kartons in einem einzigen Lagerraum unterzubringen?«

»Oh, gewiß«, nickte Hill. »Da drinnen hatte überhaupt nichts anderes mehr Platz. Aber das war mir die Sache wert, glauben Sie mir. Der Gesichtsausdruck des Wachtmeisters hat mich für alle Unbequemlichkeiten bei weitem entschädigt.«

»Rache ist süß«, bemerkte Brown trocken.

»Ja, Sir, das kann man wohl sagen«, fügte Hill strahlend hinzu.

Nach den in der Kirche aufgenommenen Fotos galt die Suche womöglich (aber nur womöglich) einem Weißen von kaukasischem Gesichtsschnitt, der ungefähr 1,75 m groß und zwischen 25–30 Jahren alt sein mußte, mit hellen Augen, ohne sichtbare Narben, in einem dunklen Anzug zum weißen Hemd und schmaler Fliege, darüber ein dunkler Mantel. Unter den Fotografien befanden sich keine Nahaufnahmen, aber Alexander Pike hatte für die Polizei Vergrößerungen angefertigt. Diese ließen einige Falten um die Augen und den Mund des unbekannten Mannes erkennen. Danach ließ sich das Alter etwas höher einschätzen, als man aufgrund der kleinen Abzüge vermutet hatte. Die Körpergröße beruhte nur auf Schätzungen. Auf allen Fotografien saß der Mann, und auf seine Figur deutete nichts genau hin. Lediglich die Größe des Kopfes und die Schulterbreite ließen gewisse Schlüsse zu, bei denen man sich auf eine mittlere Körpergröße einigte. Den Mantel hielt er im Schoß gefaltet. Er war nur auf zwei Fotos zu sehen, die aus dem Seitengang heraus aufgenommen waren. Das Objektiv war eigentlich auf die den Mittelgang heraufkommende Braut gerichtet gewesen. Zwangsläufig kam dabei die ganze Bank und damit auch der junge Mann ins Bildfeld.

Der Erkennungsdienst setzte seine Computer und Automaten ein.

Dort waren alle Informationen fast bis auf den letzten Tag gestapelt. Der größte zeitliche Abstand zwischen einer Festnahme und der Einspeisung aller Daten in das Erkennungssystem lag bei zweiundsiebzig Stunden. Alle gespeicherten Akten ließen Kreuz- und Querbefragungen zu. Wenn zum Beispiel jemand nach einem Einbrecher forschte, der die Angewohnheit hatte, nach dem Ausräumen einer Wohnung noch gegen den Kühlschrank zu pinkeln, oder wenn ein Dieb gesucht wurde, der eine Messernarbe auf der rechten Wange oder die Tätowierung eines tanzenden Mädchens auf dem Bizeps hatte, das mit dem Busen wackelte, wenn der Mann die Muskeln spannte – nun, dann brauchte man nur die Knöpfe für EINBRECHER und URINIEREN und TÄTOWIERUNGEN zu drücken. Sofort lieferte das Computersystem den Namen, die Beschreibung, die Akte der Festnahmen, Vorstrafen und Bewährungsfristen sowie alle Daten darüber, wie weit der gegenwärtige Fall gediehen war. Die Unterteilung in Kategorien war praktisch lückenlos. Aber Carella, Kling und Ollie hatten nur die Beschreibung eines Mannes, der Augusta entführt hatte oder auch nicht. Mehr stand ihnen als Ausgangspunkt wirklich nicht zur Verfügung. Immerhin bestand die Möglichkeit, daß der auf den Fotos abgebildete Mann einfach nur ein Passant war, der gerne einmal bei einer Hochzeit in die Kirche schaute oder der an einem windigen, kalten Herbsttag dort für eine Weile trockenen Unterschlupf gesucht hatte. Deshalb baten sie den Beamten vom Erkennungsdienst auf den Knopf ENTFÜHRUNG zu drücken. Danach wurde die Beschreibung des Äußeren dieses Mannes nach den Fotos eingespeist. Mehr konnten sie dem Computer nicht anbieten. Das System lieferte einen ganzen Aktenstapel und dazu einen Haufen Fotografien. Aber keines der Bilder paßte zu dem, das die Polizeibeamten bereits besaßen.

»Dann wollen wir das Bild mal im Fernsehen veröffentlichen lassen«, schlug Ollie vor.

»Nein«, entgegnete Kling sofort.

»Warum nicht?«

»Wir wollen nichts tun, was Augusta in Gefahr bringen könnte«, erklärte Carella.

»Wenn wir die Bilder über den Schirm laufen lassen«, beharrte

Ollie, »dann haben wir innerhalb von zehn Minuten zweihundert Anrufe.«

»Wir würden auch den Entführer haben, aber erst nachdem –«

»Die Antwort ist definitiv nein«, sagte Kling. »Vergessen wir das.«

»Ich will euch die Wahrheit sagen«, begann Ollie von neuem, »das sieht mir überhaupt nicht nach einer Entführung aus. Inzwischen sind fast sechsunddreißig Stunden verstrichen, und wir haben noch nicht einmal einen Pieps wegen eines Lösegeldes gehört. Nein, eine solche Entführung habe ich in meinen ganzen Jahren bei der Polizei noch nicht erlebt. Ich hatte mal eine Entführung, das muß vor drei oder vier Jahren gewesen sein. Die Kerle warteten elf Stunden, ehe sie Kontakt aufnahmen, und das war schon eine sehr lange Zeit, glaubt mir. Bei einer Entführung melden sich die Burschen sofort und sagen, was sie erwarten. Entführungen sind wie ein Geschäft, jedenfalls wie jedes andere Verbrechen auch. Es geht immer nur um Geld. Die Entführer wollen ihre fünfzig-, hundert- oder zweihunderttausend Dollar haben, je nachdem. Und sie wollen das Geld möglichst schnell. Das Opfer wird immer nur umgebracht, wenn die Täter fürchten müssen identifiziert zu werden. Andernfalls lassen sie die betreffende Person irgendwo auf dem flachen Lande laufen. Dort kann das Opfer dann in der Nacht umherirren, bis es eine Polizeistation oder ein Bauernhaus findet, von wo sich telefonieren läßt. Das ist jedenfalls meine Erfahrung mit Entführungen. Hier aber handelt es sich um eine Dame, die am Sonntagabend gegen elf Uhr dreißig verschwindet. Inzwischen ist es Dienstag neun Uhr dreißig vormittags, und kein Piep ist zu hören. Das ist keine Entführung. Ich jedenfalls sehe darin keine. Was ich mir darunter vorzustellen habe, weiß ich nicht. Eine Entführung jedenfalls nicht.«

»Was willst du damit sagen, Ollie?« fragte Carella.

»Ich sage, wenn es keine Entführung ist, dann ist das ein Verrückter. Und bei einem Verrückten stecken wir in ernsthaften Schwierigkeiten. Die Gefahr besteht schon, wir brauchen uns wegen einer zusätzlichen Gefahr wegen dem Bild im Fernsehen keine Sorgen zu machen.«

»Bert?«

»Ja, ich habe es gehört.«

»Betrachte die Dinge einmal so, Kleiner«, sagte Ollie, »wir kommen doch nicht weiter. Wir veröffentlichen das Bild. Irgendwer erkennt den Mann. Wir packen ihn, ehe er noch weiß, wie ihm geschieht.«

»Und wenn er selbst Fernsehen hat?« wendete Kling ein.

»Ja, was wäre dabei?«

»Wenn er da sein eigenes Bild sieht und weiß, daß wir hinter ihm her sind? Dann wird er genauso handeln wie die Entführer, wenn sie sich in die Enge getrieben sehen. Das Opfer wird umgebracht.«

»Aber der Mann ist doch irgendwie verrückt«, beharrte Ollie, »und kein gewöhnlicher Entführer. Bei solchen Leuten versagen alle Erfahrungen und Regeln. Vielleicht springt er aus dem Fenster, wenn er sein Bild im Fernsehen sieht.«

»Oder er wirft meine Frau aus dem Fenster. Nein, vielen Dank, Ollie, es bleibt bei meinem Nein.«

»Hör zu, ich respektiere deine Gefühle«, redete Ollie weiter, »aber –«

»Ich weiß nicht, womit wir es hier zu tun haben«, erklärte Kling. »Vielleicht handelt es sich um einen Verrückten, wie du meinst, aber es kann sich genauso gut um einen Entführer handeln, der die Sache eiskalt abwickelt. Und im Fall einer Entführung weiß ich, wie ich mich zu verhalten habe. Ich habe die verdammten Instruktionen im Polizeihandbuch genau gelesen –«

»Das tun wir alle, Kleiner«, sagte Ollie.

»– darin heißt es nämlich, daß die Sicherheit des Opfers über alles andere geht. Was dann kommt, ist zweitrangig. Und das hat nichts damit zu tun, daß Augusta meine Frau ist. So etwas ist einfach und schlicht gute, gesunde Polizeiarbeit. Nichts darf geschehen, was das Opfer gefährden könnte. Okay, Ollie, ich sage dir, daß der Kerl, wenn er diese Bilder im Fernsehen sieht, vollends durchdrehen kann, besonders, wenn er verrückt ist. Ich kann das Risiko nicht eingehen, daß er Augusta etwas Schlimmes zufügt, nur weil wir einen Fehler begangen haben.«

»Dabei bist *du* derjenige, der den Fehler begeht«, sagte Ollie eigensinnig.

»Diese Bilder sollten an die örtlichen Fernsehstationen der Stadt geschickt werden, und zwar sofort. Wir sitzen hier auf dem einzigen, was wir haben – Fotos von dem Kerl, der als Täter in Betracht kommt. Was haben wir sonst an der Hand? Kannst du mir das sagen? Nichts, verdammt nochmal, nichts.«

»Und ich wette immer noch, daß wir von ihm hören werden«, sagte Kling.

»Hoffentlich erstickst du nicht an deiner Sturheit«, meinte Ollie.

10

Wie der Mann gesagt hatte, befanden sich tatsächlich keine Fenster in dem Raum.

Die einzige Lichtquelle war eine Birne, die in einer Fassung unmittelbar unter der Decke steckte und durch einen Schalter neben der Tür betätigt werden konnte. Das Licht brannte jetzt. Das Schloß war durch einen nur mit dem Schlüssel zu öffnenden Riegel gesichert. Ohne den Schlüssel konnte man weder hinaus noch hinein. Augusta ging zur Tür und überprüfte das Schloß. Dabei entdeckte sie, daß es erst vor kurzem angebracht worden sein konnte. Rundherum befanden sich abgeplatzte Stellen im Holz der Tür, die ansonsten einen frischgestrichenen Eindruck machte. An der gegenüberliegenden Wand stand eine Plastikschüssel mit Wasser. Daneben befand sich eine Schüssel, in der sich eine Art Gulasch erkennen ließ. Sie ging hinüber, hob die Schüssel hoch, schnüffelte an dem Inhalt und setzte sie wieder ab. Es war kalt in dem Raum. Nirgendwo war eine Heizmöglichkeit zu entdecken. Augusta erschauerte plötzlich und kreuzte die Arme über dem Busen. Aus der Wohnung draußen hörte sie Schritte, die sich der Tür näherten. Sie wich ein Stück zurück.

»Augusta!« rief er.

Sie gab keine Antwort. Nach einer Weile überlegte sie, ob sie sich wieder auf den Fußboden legen und so tun sollte, als sei sie ohnmächtig. Vielleicht gelang es ihr dann, rasch aufzuspringen und die Tür zu stürmen, wenn er aufschloß. Aber würde er vielleicht ohne das tödliche Skalpell in der Hand hereinkommen? Das bezweifelte sie. Augusta wußte, wie scharf so eine Klinge ist, und fürchtete sich davor. Und sie mußte fürchten, daß er das Messer benutzte, ob sie einen Fluchtversuch wagte oder nicht. Sie wartete. Wieder begann sie zu zittern, und sie wußte, daß nicht die Kälte daran schuld war.

»Darf ich hineinkommen, Augusta? Ich weiß, Sie sind bei Bewußtsein. Ich habe gehört, wie Sie sich bewegten.«

Seine idiotische Höflichkeit machte sie wütend. Sie war in seiner Gewalt. Er konnte mit ihr machen, was er wollte. Und dennoch fragte er um Erlaubnis zum Betreten des Raumes.

»Sie wissen genau, daß Sie hereinkommen können, warum fragen Sie noch«, sagte sie.

»Ach«, ließ er sich vernehmen. Dann wurde der Schlüssel ins Schloß gesteckt. Die Tür sprang auf. Der Mann trat in den Raum, drückte die Tür hinter sich zu und schloß sie ab. »Wie geht es Ihnen?« fragte er vergnügt. »Alles in Ordnung?«

»Ja, es geht mir gut«, entgegnete sie. Dabei betrachtete sie sein Gesicht genauer, als es ihr in dem Hotelzimmer möglich gewesen war. Sie merkte sich das glatte, blonde Haar, die leichte Narbe in der blonden Augenbraue über dem linken Auge und die weißen Flecken in seinen blauen Augen. Auf der Nase hatte er einen Höcker. Wahrscheinlich war sie einmal gebrochen worden. Im rechten Mundwinkel saß eine kleine Warze. Der Mann trug dunkelblaue Hosen und ein blaßblaues, offenes Hemd. An der rechten Hand glitzerte ein goldener Ring mit einem violetten Stein, den sie als Amethyst ansah. Solche Ringe trugen manchmal Studenten, die an einer Universität ein Examen abgelegt hatten. Am linken Handgelenk erkannte sie eine Uhr. Seine Füße steckten in weißen Socken und Turnschuhen.

»Ich habe eine Überraschung für Sie«, sagte er lächelnd. Damit machte er abrupt kehrt und verließ ohne weitere Erklärung das Zimmer. Die Tür schloß er hinter sich ab. In dem Augenblick, da er verschwunden war, drückte sich Augusta in eine Ecke des Zimmers, als fühle sie sich dort im Schutz von zwei Wänden etwas sicherer. Nach einer kleinen Weile wurde der Schlüssel wieder herumgedreht. Gespannt beobachtete sie die Klinke. Sie bewegte sich, die Tür sprang auf. Der Mann kam herein. Er trug etwa ein halbes Dutzend oder mehr Kleidungsstücke auf Drahtbügeln. Er hielt sie in der linken Hand, während er mit der rechten den Schlüssel aus dem Schloß zog, ihn innen einführte und dann abschloß. Die Kleidungsstücke kamen ihr bekannt vor. Er sah, wie sie die Sachen näher in Augenschein nahm und lächelte.

»Erkennen Sie die Kleidungsstücke?« fragte er.

»Ich bin . . . nicht ganz sicher.«

»Das sind einige meiner Lieblingssachen«, erklärte er. »Ich möchte gerne, daß Sie einiges davon für mich tragen.«

»Was sind das für Kleider?« fragte sie.

»Sie werden sich erinnern.«

»Einige davon habe ich schon angehabt, nicht wahr?«

»Ja, ja, das stimmt.«

»Ich habe darin Modell gestanden.«

»Ja, ganz genau.«

Unterdessen hatte sie die meisten der Kleidungsstücke erkannt – da war eine Safarijacke in Chambray-Blau. Dazu passende Shorts. In diesem Aufzug war sie im Mademoiselle abgebildet gewesen. Ferner war da ein T-Shirt mit einem dazu passenden Wickelrock. Das Bild war in Vogue erschienen, ja, und war das nicht die hochgeschlossene Bluse, die sie für Harper's Bazaar getragen hatte? Und dort, das Abendkleid –

»Würden Sie das bitte mal halten?« fragte er. »Der Fußboden ist sauber. Ich habe ihn extra gescheuert, bevor Sie kamen. Aber ich möchte die Sachen doch nicht hinlegen.« Er zuckte wie um Entschuldigung bittend mit den Schultern und hielt ihr die Kleiderbügel hin. »Es wäre nur für einen Augenblick.«

Sie streckte die Arme aus und ließ sich die Sachen darüberlegen. Der Mann drehte sich um und ging zur Tür. Sie sah zu, wie er wieder aufschloß. Diesmal ließ er den Schlüssel stecken und auch die Tür blieb hinter ihm offen. Aber er ging nicht sehr weit. Gleich jenseits der Tür sah Augusta einen Kleiderständer und einen hölzernen Stuhl mit gerader Lehne. Er zog den Kleiderständer zuerst herein, und zwar bis in die entfernte Ecke, wohin sich Augusta vorhin zurückgezogen hatte. Danach trug er den Stuhl hinein. Jetzt erst schloß er die Tür ab und stellte den Stuhl von innen dagegen. Er wollte sich gerade darauf niederlassen, als er plötzlich sagte: »O das hätte ich beinahe vergessen.« Er schob den Stuhl von der Tür weg und steckte den Schlüssel wieder ins Schloß. »Würden Sie bitte inzwischen die Sachen aufhängen?« sagte er. »Bin gleich wieder da.« Er schloß auf und ging hinaus. Diesmal hörte sie, daß der Schlüssel von der anderen Seite herumgedreht wurde.

Der Kleiderständer war weiß lackiert. Ein einfacher Ständer mit mehreren Querstangen in unterschiedlicher Höhe, an denen sich Reihen von Pflöcken befanden. Gehorsam trug Augusta die Sachen hin und hängte sie auf. Während sie das tat, fiel ihr ein, daß mindestens eines davon – die Safarijacke – genau ihrer Größe entsprach. Rasch überprüfte sie die anderen und stellte fest, daß alle Kleidungsstücke ihre Größe hatten. Sie wunderte sich natürlich, woher der Mann ihre Maße wußte und konnte nur annehmen, daß er sich nach dem Kleid gerichtet hatte, das sie gegenwärtig trug. Aber hatte er alle diese Sachen gekauft, nachdem er sie aus dem Hotelzimmer entführte? Unter den Kleidungsstücken befand sich auch ein Hausmantel, in dem sie für Town & Country Modell gestanden hatte. Sie warf ihn über, gerade als die Tür wieder aufsprang. »Was machen Sie da?« sagte er ganz leise. »Ziehen Sie das aus!«

»Es ist ein wenig kühl, und ich dachte –«

»Ausziehen!« schrie er mit schriller Stimme. »Sofort ausziehen.« Schweigend ließ sie den Hausmantel von den Schultern gleiten und hängte ihn auf den Bügel zurück. Der Mann stand unmittelbar neben der offenen Tür. In der linken Hand hielt er einen Plastikbeutel mit der Firmenaufschrift eines der bekanntesten Warenhäuser in der Stadt.

»Das habe ich Ihnen nicht erlaubt«, verwies er sie streng.

»Ich wußte nicht, daß ich dazu Erlaubnis benötige«, sagte Augusta. »Mir ist einfach kalt. Hier drinnen ist es zu kalt.«

»Sie werden immer nur tun, was ich Ihnen sage und wann ich es Ihnen sage, ist das klar?«

Darauf gab sie keine Antwort.

»Ist das klar?«

»Ja, ja«, versicherte sie.

»Ich glaube, dieser Unterton von Ungeduld in Ihrer Stimme gefällt mir nicht, Augusta.«

»Tut mir leid.«

Er schloß die Tür hinter sich ab, steckte den Schlüssel in die Tasche und stellte den Stuhl wieder so hin wie vorher. »Wir werden jetzt eine Modenschau veranstalten.« Er lächelte und hielt ihr den Beutel hin. »Da, nehmen Sie das.«

Sie ging zu seinem Stuhl hinüber und nahm den Plastikbeutel entgegen. Darinnen fand sie ein paar blaßblaue Bikinihöschen und einen blauen Büstenhalter. Die Höschen waren Größe fünf, der Büstenhalter entsprach der 34B.

»Woher kennen Sie meine Maße?« fragte sie.

»Sie standen in Vogue«, gab er Auskunft. »In der April-Ausgabe, vergangenes Jahr. Erinnern Sie sich nicht? ›Alles über Augusta‹ hieß der Artikel. Wissen Sie es nicht mehr?«

»Doch.«

»Das war ein sehr guter Artikel, Augusta.«

»Ja, das kann man wohl sagen.«

»Aber darin stand nichts von dem Kriminalbeamten Bert Kling.«

»Nun . . .«

»In einem Artikel mit dem Titel ›Alles über Augusta‹ erscheint es mir nicht ganz ehrlich, so etwas nicht zu erwähnen . . .«

»Ich nehme an, meine Agentur meinte –«

»Sie unterbrachen mich soeben, Augusta.«

»Tut mir leid.«

»Das ist wirklich eine schlechte Angewohnheit. Wenn ich daheim jemanden unterbrach, setzte es immer Hiebe.«

»Ich werde Sie nicht wieder unterbrechen. Ich wollte doch nur erklären, warum Bert in dem Artikel nicht erwähnt worden ist.«

»Ah, Sie nennen ihn so, Bert?«

»Ja.«

»Und wie nennt er Sie?«

»Augusta, manchmal auch Gus oder Gussie.«

»Ich ziehe Augusta vor.«

»Ich auch.«

»Gut, dann stimmen wir wenigstens schon in einem Punkt überein. Blau ist Ihre Lieblingsfarbe, so stand es in dem Artikel. Stimmt das?«

»Ja.«

»Gefällt Ihnen das Blau?«

»Ja, es ist schön. Wann haben Sie diese Sachen gekauft?«

»Vorigen Monat, als mir klar wurde, was geschehen mußte.«

»Sie haben mir immer noch nicht erklärt –«

»Die Zeremonie wird morgen abend stattfinden«, sagte er ohne Übergang.

»Was für eine Zeremonie?«

»Das werden Sie schon sehen. Meine Mutter ist auch Modell gewesen, müssen Sie wissen. Drüben in Europa natürlich, aber sie war recht bekannt.«

»Wie hieß sie?«

»Den Namen würden Sie doch nicht kennen . . . Das war lange vor Ihrer Zeit. Man hat sie ermordet. Ich war damals ein kleiner Junge. Irgendwer brach ins Haus ein, ein Dieb oder ein Vergewaltiger. Wer weiß es? Ich wachte davon auf, daß meine Mutter schrie.«

Augusta beobachtete ihn genau. Er schien ihre Gegenwart jetzt gar nicht wahrzunehmen, sondern mit sich selbst zu sprechen. Seine Augen waren irgendwie unklar, so als sähe er in weite Ferne oder einen Ort, den er nur zu gut kannte – und fürchtete.

»Mein Vater war Vertreter für Lederwaren und meistens von daheim fort. Ich sprang aus dem Bett. Sie schrie und schrie. Ich rannte über den Flur zu ihrem Schlafzimmer – und die Schreie verstummten.« Er nickte. »Ja.« Wieder nickte er. »Ja«, meinte er noch einmal und schwieg eine Weile, ehe er fortfuhr: »Sie lag auf dem Fußboden in einer Pfütze ihres eigenen Blutes. Der Mann hatte ihr die Kehle aufgeschlitzt.« Plötzlich schloß er die Augen, drückte die Lider ganz fest zu und riß sie sogleich wieder weit auf. »Nun, das ist lange her. Ich war damals nur ein kleiner Junge.«

»Es muß schrecklich für Sie gewesen sein.«

»Ja«, meinte er. Dann zuckte er mit den Schultern und schien zugleich die ganze Sache zu vergessen. »Ich finde, der Dress macht Sie keß.« Er grinste.

»Wie bitte?«

»Der Dress macht Sie keß«, erklärte er lachend. »Das ist gut, meinen Sie nicht auch? Es ist ziemlich schwer, in einer fremden Sprache Reime zu erfinden.«

»Was ist Ihre Muttersprache«, erkundigte sie sich.

»Ich stamme aus Österreich.«

»Woher in Österreich?«

»Aus Wien. Kennen Sie Österreich?«

»Ich war mal dort zum Skilaufen.«

»Ja, natürlich. Wie dumm von mir! In dem Artikel –«

»Ja.«

»– hieß es, daß Sie einmal in Zürs zum Skilaufen waren. Ja, jetzt fällt es mir wieder ein.«

»Laufen Sie auch Ski?«

»Nein, nein, ich habe es niemals versucht, Augusta. Ich möchte, daß Sie ausziehen, was Sie jetzt anhaben und dann zunächst die Höschen und den Büstenhalter anlegen, darüber den Anzug.«

»Wenn Sie bitte das Zimmer verlassen würden . . .«

»Nein, ich bleibe hier, während Sie sich umziehen. Es ist dann mehr *intim, n'est ce pas*? Verstehen Sie französisch?«

»Ein wenig. Ich werde die Sachen aber nur anziehen, wenn Sie –«

»Nein, nein«, erklärte er lachend. »Wirklich, Augusta, Sie sind albern. Ich hätte während Ihrer Bewußtlosigkeit mit Ihnen machen können, was ich wollte. Es wird Sie freuen zu hören, daß ich mir keinerlei Freiheiten herausgenommen habe. Wenn Sie also jetzt bitte –«

»Ich müßte aber erst mal zur Toilette«, sagte sie.

»Was?«

»Ich muß mal, verstehen Sie doch!« sagte sie.

Ganz plötzlich verzog er angewidert das Gesicht. Völlig ungläubig starrte er die Frau an. Dann sprang er auf, schob den Stuhl zur Seite, schloß die Tür auf und ging hinaus. Sie hörte, wie er von draußen wieder abschloß und vermutete, daß die Modenschau plötzlich abgesagt worden sei. Lächelnd bewegte sie sich zur Wand gegenüber der Tür, ließ sich auf den Fußboden nieder und lehnte sich gegen die Mauer. Für den Augenblick war ihr ein wenig wärmer.

Es gab keine Uhr in dem kahlen Raum.

Der Mann war ihr Zeitmesser, wie ihr allmählich aufgegangen war.

Sie döste vor sich hin und wachte auf. Sie nahm einen Schluck Wasser aus der Schüssel. Dann kaute sie ein wenig Fleisch aus der anderen. Als ihr wieder kalt wurde, warf sie sich den langen weißen

Hausmantel über. So saß sie zusammengekauert auf dem Fußboden, und abermals döste sie ein.

Als er wieder hereinkam, ließ er die Tür offen. Er hatte einen dunkelbraunen Mantel an, unter dessen Aufschlägen sie den Kragen eines weißen Hemdes und eine enggebundene schmale Fliege sehen konnte. Hinter ihm fiel durch ein Fenster irgendwo in der Wohnung das schwache Licht eines Wintermorgens herein.

»Ich muß jetzt zur Arbeit gehen«, erklärte er in kühlerem Ton, als er bisher mit ihr gesprochen hatte.

»Wie spät ist es denn?« wollte sie wissen.

»Sechs Uhr dreißig.«

»Dann müssen Sie aber früh aufstehen.«

»Ja«, nickte er.

»Was für eine Arbeit haben Sie denn?«

»Das geht Sie nichts an. Um drei Uhr dreißig bin ich spätestens zurück. Dann werde ich die Vorbereitungen für die Zeremonie treffen.«

»Was für eine Zeremonie soll es denn sein?« forschte sie.

»Ich sehe keine Gefahr darin, es Ihnen zu sagen.«

»Ja, ich möchte es wirklich gerne wissen.«

»Wir werden heiraten, Augusta.«

»Ich bin doch bereits verheiratet.«

»Aber die Ehe ist nicht vollzogen worden.«

»Wie soll ich das verstehen?«

»Die Ehe ist nicht vollzogen worden.«

Daraufhin erwiderte sie nichts.

»Erinnern Sie sich an das Brautkleid, das Sie im Brides Magazin getragen haben? Das besitze ich. Ich habe es für Sie gekauft.«

»Schauen Sie . . ., ich schätze sehr, was –«

»Nein, das glaube ich nicht«, fiel er ihr ins Wort.

»Was?«

»Ich glaube nicht, daß Sie einschätzen können, welchen Schwierigkeiten ich mich ausgesetzt gesehen habe.«

»Doch, wirklich. Aber . . .«

»Ich kannte Ihre Schuhgröße nicht. Deshalb habe ich keine Schuhe gekauft. In dem Artikel war sie nicht erwähnt.«

»Wahrscheinlich, weil ich so große Füße habe«, erwiderte sie lächelnd.

»Dann werden Sie eben barfuß heiraten müssen.«

»Aber, schauen Sie doch«, meinte sie und ging nicht auf sein wirres Geschwätz ein, »ich bin doch schon verheiratet. Seit Sonntagnachmittag bin ich verheiratet. Ich bin Mrs. Bertram . . .«

»Das brauchen Sie mir nicht zu sagen, ich war in der Kirche.«

»Dann wissen Sie also, daß ich verheiratet bin.«

»Sind Sie ärgerlich wegen der Schuhe?«

»Sie haben da einen Trick«, sagte sie.

»So? Was für einen Trick denn?«

»Sie weigern sich, der Wirklichkeit ins Gesicht zu sehen.«

»Es gibt nur eine Realität«, erklärte er. »Sie sind hier und Sie sind mein. Das ist die Realität.«

»Ich bin hier, das stimmt freilich, aber ich bin nicht die Ihre.«

»Ich komme noch zu spät zur Arbeit«, sagte er mit einem Blick auf die Armbanduhr.

»Das ist abermals ein Trick. Ich gehöre nur mir«, sagte sie. »Ich gehöre mir!«

»Das war einmal. Jetzt sind Sie nicht mehr ein Mensch mit eigenem Willen, sondern Sie gehören mir. Und zwar heute nachmittag, nach der Zeremonie. Dann werde ich es Ihnen zeigen.«

»Wollen wir nicht noch einmal über die Realität sprechen? Okay?«

»Augusta, das hier ist die Wirklichkeit. Ich werde um drei Uhr dreißig daheim sein. Dann nehme ich Sie mit ins Badezimmer. Dort werden Sie sich waschen und mit Parfüm benetzen, das ich gekauft habe. *L'Oriel* ist doch Ihr Lieblingsparfüm. Oder irre ich mich da? So stand es jedenfalls in der Zeitschrift. Und dann werden Sie die weiße Unterwäsche anlegen, die ich besorgt habe. Dazu den blauen Hüftgürtel und das Hochzeitskleid, in dem Sie für *Brides* Modell gestanden haben. Danach findet eine einfache Hochzeitszeremonie statt, die uns vor den Augen Gottes vereinigt.«

»Nein«, rief sie. »Ich bin doch schon –«

»Doch«, beharrte er. »Und dann werden wir uns lieben, Augusta. Darauf warte ich schon seit sehr langer Zeit. Das Warten begann in jenem Augenblick, als ich zum erstenmal Ihre Fotografie in einem Magazin sah. Seither sind zwei Jahre vergangen, Augusta. Sie hätten es nicht wagen dürfen, sich einem anderen Manne zu schenken. Zwei lange Jahre, Augusta! Ich habe Sie während dieser ganzen Zeit geliebt und darauf gewartet, Sie zu besitzen, jawohl, Augusta. Und dann habe ich Sie im Fernsehen gesehen, bei einer Werbesendung für ein Haarpflegemittel. Erinnern Sie sich an ›Clairol‹? Da sah ich Sie zum erstenmal in Bewegung, Augusta. Ich sah, wie die Fotos von Ihnen plötzlich lebendig wurden. Ihr Haar wehte im Wind, als Sie liefen. Wie wunderschön haben Sie da ausgesehen, Augusta. Ich habe auf die Wiederholung der Werbesendung gewartet. Ich saß vor dem Gerät und wartete darauf, bis Sie wieder erschienen. Schließlich wurde mein Warten belohnt – aber, ach, wie kurz sind solche Werbesendungen oder wie lang mögen sie sein? Dreißig Sekunden? Sechzig Sekunden?«

»Das ist sehr unterschiedlich«, antwortete sie automatisch. Plötzlich wurde ihr klar, welche verrückten Wege dieses Gespräch nahm. Sie redete über die Länge von Werbeeinblendungen mit einem Mann, der sie heute noch in einer phantastischen Zeremonie heiraten wollte . . .

»Ich beflecke mich selbst vor Ihren Fotografien«, erklärte er plötzlich. »Erregt Sie das? Der Gedanke daran, daß ich solche Sachen mit Ihren Bildern mache?«

Sie antwortete nicht.

»Aber heute nachmittag werde ich Sie wirklich besitzen. Sie werden verheiratet sein, Augusta, und zwar mit mir. Dann lieben wir uns.«

»Nein, wir –«

»Doch. Und danach werde ich Ihnen die Kehle aufschlitzen.«

11

Steve Carella war am Mittwochmorgen daheim. Er rasierte sich gerade, als das Telefon klingelte. Er legte den Apparat hin, ging ins Schlafzimmer und nahm den Hörer ab.

»Hallo?« meldete er sich.

»Steve, hier ist Danny. Hast du eine Minute Zeit?«

»Gewiß, was gibt es?«

»Es tut mir leid, daß ich dich daheim stören muß.«

»Schon in Ordnung, was hast du denn, Danny?«

»Ich habe diesen Baal ausfindig gemacht, nach dem du auf der Suche bist. Manfred Baal. Ich habe herausgefunden, wo er ist.«

»Wo?«

»Mindestens habe ich herausgefunden, wo er arbeitet. Wo er wohnt, weiß ich nicht.«

»Wo arbeitet er?«

»Kane Construction Company, 307 South Beasley. Er ist dort als einfacher Arbeiter beschäftigt. Aber ich nehme an, daß er nur auf eine Gelegenheit bis zum nächsten Überfall wartet. Eine Schußwaffe hat er inzwischen gekauft, Steve. Dadurch bin ich ihm auf die Spur gekommen.«

»Was für eine Schußwaffe?«

»Eine Smith & Wesson Automatic. Er hat sie von einem Kerl erstanden, der mit gestohlenen Waffen handelt. Auf diesem Wege bin ich ihm auf die Spur gekommen, Steve. Ich dachte mir, wenn jemand wegen eines Raubüberfalles gesessen hat, dann plant er unmittelbar nach seiner Entlassung aus dem Gefängnis den nächsten Überfall. Okay. Für einen Überfall benötigt man eine Schußwaffe. Wer aber aus dem Gefängnis kommt, geht nicht ins nächste Sportgeschäft, um sich neu zu bewaffnen. Also habe ich mich nach Leuten erkundigt, die heimlich mit solchen Sachen handeln. Um drei Uhr heute früh landete ich einen Volltreffer. Ich habe sofort beim Revier angerufen, aber dort sagte man mir, du würdest erst viertel vor acht Uhr wieder da sein. Ich weiß, es ist noch zu früh. Aber ich dachte mir, du würdest rasch handeln wollen. Vielleicht möchtest du den Kerl abfangen, wenn er zur Arbeit kommt. Diese Baufirmen fangen früh an.«

»Gut, Danny.«

»Dieser Baal ist ein Ausländer. Wußtest du das? Er spricht mit einem ausländischen Akzent. Das hat mir jedenfalls der Mann berichtet, von dem er die Waffe kaufte.«

»Ja, ich habe seine Akte oben in meinem Büro«, sagte Carella.

»Nun, dann viel Glück damit«, meinte Danny. »Ich glaube nicht, daß er das Schießeisen mit zur Arbeit nimmt. Trotzdem solltest du gut auf dich aufpassen.«

»Das mache ich immer«, erklärte Carella.

»Okay, Steve, laß mich wissen, wie es weiterging.«

»Du wirst auch eine Kleinigkeit in deinem Postkasten vorfinden.«

»Keine Eile«, sagte Danny und hängte ein.

Seinem Aktenstück nach war Manfred Baal ein Mann, der vor etwa dreißig Jahren aus der Schweiz eingewandert war. Er war jetzt siebenundvierzig Jahre alt und hatte die meisten Jahre seines Aufenthaltes in den Vereinigten Staaten im Gefängnis zugebracht. Er hatte blondes Haar und blaue Augen. Sonst aber glich er in nichts dem Manne, dessen Bild Alexander Pike in der Kirche aufgenommen hatte. Fat Ollie und Carella gingen hin, um ihn zu vernehmen, weil sie sonst nichts zu tun hatten. Vor allem kam es ihnen darauf an, die Möglichkeit auszuräumen, daß Augustas Entführer nur eine bezahlte Kraft war, die im Auftrage eines anderen handelte, der einen Haß auf Kling nährte. Baal hatte allerdings seinerseits einen Grund. Kling hatte ihn vor zehn Jahren ins Zuchthaus gebracht, und Baal hatte offen gezeigt, daß er sich rächen wollte. Das hatte er am Tage seiner Verurteilung in Gegenwart des Gerichtes laut und deutlich erklärt. Er hatte mit dem Finger auf Kling gezeigt und durch den ganzen Gerichtssaal geschrien: »Du da! Hörst du! Ich werde dich eines Tages umbringen, verstanden? Dich!« Die Gerichtsbeamten hatten ihn schreiend und um sich tretend hinausgeführt. Ein wenig vielversprechender Beginn einer zehnjährigen Strafzeit in Castleview. Baal war jetzt seit knapp einem Monat entlassen, Kling lebte aber immer noch. Vielleicht war Baal hinter den Mauern der Sinn danach vergangen. Aber Augusta war am Sonntagabend entführt worden. Baals Drohung hallte laut und klar in den Köpfen der beiden Männer wider, als sie an diesem Mittwochmorgen zur Baustelle fuhren. Vorher hatten sie Kane Construction angerufen und mit einem Manne namens Di Giorgio gesprochen, der ihnen anvertraute, daß Baal beim Bau eines Apartmenthauses an der 10. Straße beschäftigt sei. Man würde das große Baustellenschild in roter Farbe nicht übersehen können. Die Worte Kane Construction seien in Gelb darauf gemalt. Die Polizeibeamten hatten keine Schwierigkeiten, das Schild und die

Baustelle zu finden. Baal zu finden, erwies sich dagegen als weitaus schwieriger.

»Heute ist er nicht gekommen«, erklärte der Polier.

»Was?« entfuhr es Carella. Ringsumher dröhnte der Lärm von Rammen und schweren Baugeräten. Fahrzeuge knirschten in den Gängen, Bulldozer schoben Erdhügel zusammen, Vorschlaghämmer prallten gegen Steine, Preßluftbohrer stotterten vor sich hin.

»Ich habe gesagt, er ist heute nicht gekommen!« schrie der Polier.

»Hat er sich krank gemeldet oder sonst etwas?«

»Nein.«

»Wissen Sie, wo er wohnt?«

»Ich? Nein, ich weiß das nicht. Dafür müßten Sie im Büro anrufen. Vielleicht steht's dort in den Personalakten. Was hat der Kerl denn ausgefressen?«

»Wo ist das Telefon?« fragte Carella.

»Dort in der Hütte. Was ist mit Baal los?«

Carella wählte die Nummer von Kane Construction und sprach wieder mit Di Giorgio. Er erfuhr, daß Baal sich auch im Büro nicht gemeldet hatte. Aber Di Giorgio fügte hinzu, das sei bei ungelernten Arbeitern nicht selten. Viele von ihnen machten abends einen Lokalbummel und erschienen am nächsten Morgen einfach nicht zur Arbeit. Als Baal eingestellt worden war, hatte er als Wohnung die Adresse einer Pension am Oliver und 36. Straße angegeben. Carella notierte sich die Angaben, bedankte sich und sagte auch dem Polier seinen Dank, der abermals fragte: »Was hat Baal ausgefressen?«

»Wenn wir Glück haben«, sagte Ollie, »dann hat er wenigstens etwas getan.«

»Was?« fragte der Polier hinter ihnen her.

Sie war allein in der Wohnung. Überall herrschte Totenstille.

Nachdem der Mann den Raum verlassen und die Tür verschlossen hatte, war Augusta sofort hingelaufen und hatte das Ohr gegen das Holz gepreßt. Sie wußte von Bert, wie man sich verhielt, bevor man eine verdächtige Wohnung betrat. So hatte Augusta gehört, wie der Mann die Vordertür der Wohnung hinter sich zumachte. Längere Zeit blieb sie mit an die Tür gepreßtem Ohr stehen, um auf Schritte zu lauschen, die sich dem Lagerraum näherten. Irgendwo witterte sie einen Trick. Da sie keine Uhr bei sich hatte – er hatte sie ihr weggenommen –, mußte sie leise bis sechzig zählen. Dann fing sie noch einmal von vorne an und dann wieder, bis sie einigermaßen sicher war, daß sie eine volle Viertelstunde an der Tür gelauscht hatte. Während dieser ganzen Zeit war nichts zu hören gewesen. Also durfte sie davon ausgehen, daß der Mann wirklich fort war.

Die Kleidungsstücke hatte er dagelassen.

Noch wichtiger aber waren die Kleiderbügel aus Draht und das hölzerne Gestänge. Der Mann hatte sich als sehr umsichtig erwiesen. Sobald er die Entführung beschlossen hatte, brachte er zunächst ein Sicherheitsschloß an der Tür an. Er ging ganz methodisch und außerordentlich sorgfältig, mit viel Vorausblick vor. Aber er hatte vergessen, daß er es mit einer Polizistenfrau zu tun hatte. Und ihm war entgangen, daß sich die Tür nach innen öffnete. Die Türangeln befanden sich auf Augustas Seite. Rasch riß sie alle Kleidungsstücke von dem Ständer und warf sie in eine Ecke. Dann schob sie das Holzgerüst zur Tür und nahm einen der Bügel aus Draht herunter. Sie löste die Wikkelstelle, bis sie ein gerades Stück Draht parat hatte, und machte sich an die Arbeit.

Das Pensionshaus an der Ecke Oliver und sechsunddreißigste Straße war ein roter Rohziegelbau, der mit dem Ruß und Dreck von mindestens einem Jahrhundert bedeckt war. Vier Stockwerke hoch und mit einer fünfstufigen Treppe vor dem Hauseingang, die auf eine breite Zementfläche mündete. Gleich rechts neben der Haustür stand ein Mann in einem schweren, schwarzen Mantel. Er hatte die Hände tief in die Taschen gesteckt. Um den Hals trug er einen dicken Schal. Er starrte auf die Straße hinaus. Anscheinend nahm er Ollie und Carella überhaupt nicht wahr, während sie die Stufen heraufkamen. Statt dessen interessierte er sich offensichtlich für den Rinnstein, wo gar nichts geschah. Aber als Carella nach der Klinke griff, sagte er plötzlich: »Wen suchen Sie?«

»Manfred Baal«, gab Carella Auskunft.

»Hier gibt es keinen Manfred Baal«, sagte der Mann.

»Wer sind Sie?«

»Ich bin der Hausmeister. Hier gibt es keinen Manfred Baal.«

»Er ist groß, blond und hat blaue Augen, ungefähr achtundvierzig Jahre alt.«

»Also ein Einwanderer«, fügte Ollie hinzu. »Aus Schweden oder sonstwoher.«

»Aus der Schweiz«, verbesserte Carella ihn.

»Kommt auf dasselbe hinaus«, zuckte Ollie mit den Achseln.

»Das trifft auf Manfred Baal zu«, sagte der Hausmeister, »aber der wohnt hier nicht mehr.«

»Wissen Sie vielleicht zufällig, wo er sich jetzt aufhält?«

»Nein.«

»Wann ist er ausgezogen?«

»Vor etwa einer Woche, es können auch zehn Tage her sein.«

»Und er hat keine Anschrift hinterlassen, damit man ihm etwaige Post nachschickt?«

»Jedenfalls nicht bei mir. Vielleicht hat er beim Postamt Bescheid gesagt, wohin er umzieht. Aber das glaube ich nicht. Während der ganzen Zeit, da er hier wohnte, hat er nicht ein einziges Mal Post bekommen.«

»Ist das Zimmer, das er bewohnte, schon weitervermietet worden?«

»Bis jetzt nicht.«

»Hätten Sie etwas dagegen, wenn wir uns darin einmal umsähen«, fragte Carella.

»Warum?«

»Wie heißen Sie, Mister?« mischte sich Ollie plötzlich ein.

»Jonah Hobbs«, stellte sich der Hausmeister überrascht vor.

»Jonah«, redete Ollie weiter, »welches Zimmer hat Manny Baal bewohnt?«

»Zimmer vierundzwanzig.«

»Jonah«, sprach Ollie weiter im Ton eines Mannes, der einem störrischen Kind zureden muß, »haben Sie einen Schlüssel für dieses Zimmer?«

»Natürlich habe ich den.«

»Jonah, wollen Sie mit uns hinaufkommen und die Tür aufschließen?«

»Wozu?« fragte Hobbs.

»Weil wir sonst das Schloß in die Luft sprengen werden, wenn Sie die Tür nicht öffnen.«

»Schätze, dann will ich lieber aufschließen«, gab Hobbs nach.

Er führte die Kriminalbeamten ins zweite Stockwerk hinauf, wo er am Ende des Korridors eine Tür öffnete. Das Zimmer war kümmerlich möbliert. Links am Fenster stand ein einzelnes Bett, daneben ein Nachttischchen, eine Lampe, ein Stuhl, eine Kommode mit einem Spiegel darüber. Das Fenster war mit einem Rollo versehen, das heruntergezogen war. Das Bett war ungemacht. Ansonsten aber wirkte das Zimmer fleckenlos sauber. Carella ging zum Fenster und schob die Blende hoch. Kaum drei Meter entfernt blickte man auf die Ziegelwand des Nachbargebäudes. Eine alte Frau mit einem Schal über den Schultern saß am gegenüberliegenden Fenster. Als Carella die Blende hochschob, wendete sie rasch den Kopf und starrte ihn argwöhnisch an.

»Ist dieses Zimmer gereinigt worden, seit Baal auszog?« fragte Ollie.

»Sieht es nicht so aus?« fragte Hobbs.

»Es sieht so aus. Wurde es gereinigt?«

»Ja.«

»Hm«, machte Ollie und ging sogleich ins Badezimmer. Carella öffnete inzwischen die Tür des eingebauten Schrankes. Acht leere Kleiderbügel hingen darin. Das war alles. Er schloß die Tür. Im Badezimmer untersuchte Ollie den Inhalt des Medizinschränkchens.

»Hast du dort etwas gefunden?« fragte Carella.

»Alles vollkommen leer«, antwortete Ollie und kam wieder ins Zimmer. »Wer hat hier sauber gemacht?« wendete er sich an Hobbs.

»Wir haben eine Reinemachefrau«, klärte ihn Hobbs auf.

»War sie heute hier?«

»Sie kommt alle Tage.«

»Wo ist sie jetzt?«

»Wie spät haben wir es?«

Ollie warf einen Blick auf die Armbanduhr. »Zehn Minuten nach neun.«

»Dann ist sie wahrscheinlich oben im vierten Stockwerk.«

»Ich möchte mit ihr reden«, sagte Ollie.

Zusammen mit Carella folgte er Hobbs ins vierte Stockwerk. Die Reinemachefrau erwies sich als eine Negerin namens Esther Johnson. Von Anbeginn der Unterredung ließ sie klar erkennen, daß sie nichts anderes wollte, als ungestört ihre Arbeit zu tun. Sie interessierte sich überhaupt nicht dafür, wo sich ein gewisser Manfred Baal jetzt aufhielt. Ungeduldig versuchte sie, den Kriminalbeamten zu erklären, daß sie von Manfred Baal überhaupt nichts wüßte. Sie hatte lediglich jeden Tag sein Zimmer geputzt. Geduldig sagte ihr Ollie, daß er sich besonders für das letztemal interessierte, da sie in Baals Zimmer gewesen war und was sie vielleicht dort –

»Ich habe zuletzt am Dienstag sauber gemacht«, erklärte Esther.

»War er da schon ausgezogen?«

»Das Zimmer war leer. Ich würde meinen, der Mann war schon ausgezogen.«

»Befand sich etwas in der Kommode?«

»Nur der übliche Abfall, den jeder Mann hinterläßt, wenn er wegzieht.«

»Zum Beispiel«, fiel Ollie sofort ein. »Gerade für diesen Abfall interessiere ich mich besonders, Mrs. Johnson. Streichholzschachteln oder –«

»Bei mir heißt es Miss Johnson«, verbesserte ihn Esther.

»Oh, Miss Johnson, ich bitte um Vergebung«, sagte Ollie in seinem berühmten W.-C.-Fields-Tonfall. Sogleich sprach er in seiner natürlichen Stimme weiter: »Vielleicht fanden Sie auch einen alten Kalender oder einen Zettel mit Adressen.«

»So was lag nicht in den Schubladen.«

»Aber da war doch Abfall irgendwelcher Art . . .«

»Stimmt, ein Kugelschreiber, soweit ich mich erinnere und ein paar kleine Münzen in der Ecke des oberen Schubfaches und ein paar Büroklammern. So ein Zeug.«

»Wie sah es im Badezimmer aus? War dort im Schränkchen etwas zurückgeblieben?«

»Das Schränkchen war leer. Ich erinnere mich, daß ich nur die Zwischenbretter abzuwischen brauchte.«

»Was war in dem Abfallkorb unter dem Waschbecken?«

»Nur ein paar Rasierklingen und so'n Zeugs.«

»Was für ein Zeugs?«

»Gebrauchte Rasierklingen, wie ich schon sagte.«

»Und was noch?«

»Ein paar Papiertaschentücher und eine Zeitung. Mehr weiß ich nicht.«

»Und der Schrank?«

Esther warf Hobbs einen Blick zu. »Soll ich den Männern etwas von dem Whisky sagen?« fragte sie.

»Was ist mit dem Whisky?« griff Ollie sofort ein.

»Er hatte ein Dutzend Schnapsflaschen im Schrank gelassen«, fuhr Esther fort. »Soll ich ihnen wirklich etwas davon erzählen?«

»Ich finde nichts dabei, wenn wir ihnen von dem Whisky erzählen«, sagte Hobbs.

»Was für eine Art Whisky?«

»Alle möglichen Sorten«, berichtete Esther. »Scotch, Gin, Wodka, Bourbon, alle möglichen Sorten von Schnaps. Das muß mindestens ein Dutzend Flaschen gewesen sein, nicht wahr, Mr. Hobbs?«

»Es waren genau vierzehn Flaschen. Und alle waren noch zu.«

»Der Mann muß ein Abstinenzler gewesen sein«, schlußfolgerte Esther. »Ich habe niemals in seinem Zimmer ein Glas gefunden, das nach Alkohol roch. Und eine leere Flasche fand sich auch niemals im Abfalleimer.«

»Vierzehn ungeöffnete Schnapsflaschen«, nickte Ollie. »Und die hat er alle zurückgelassen?«

»Ja, die waren alle im Schrank«, nickte Hobbs.

»Meinen Sie, daß er dieses Schnapslager vergessen hat?«

»Ich könnte mir nicht vorstellen, wie man so etwas vergessen kann«, sagte Esther. »Sie standen aufgereiht auf dem Boden des Schrankes.«

»Er hat also vierzehn Flaschen voller Schnaps zurückgelassen«, überlegte Ollie laut und warf Carella einen Blick zu. »Der Mann trinkt nicht, aber er kauft sich vierzehn Flaschen Schnaps und läßt sie dann stehen, wenn er auszieht.«

»Vielleicht hatte er eine Party geplant«, gab Hobbs zu überlegen.

»Warum hätte er dann die Getränke hier lassen sollen?«

»Vielleicht hat er es sich anders überlegt«, sagte Hobbs.

»Wo ist der Schnaps jetzt?« fragte Ollie.

Hobbs und Esther tauschten Blicke aus.

»Nun, los, los«, drängte Ollie ungeduldig.

»Esther und ich haben uns den Stoff geteilt«, sagte Hobbs. »Ich nahm den Scotch, den Whisky, dazu eine Flasche Cognac und –«

»Ja, es ist gut, wir brauchen keine Inventur«, unterbrach ihn Ollie. »Wo ist der Stoff jetzt? Ist noch etwas davon übrig?«

»Der Mann ist doch erst am Dienstag ausgezogen«, erklärte Hobbs voller verletzter Würde. »Ich möchte Ihnen erklären, daß ich nur gelegentlich etwas trinke. Besaufen würde ich mich niemals.«

»Wo ist das Zeug«, fragte Ollie. »Ich möchte die Flaschen sehen.«

Die Türangeln waren mit Farbe verklebt. Augusta hatte einen der Haken von dem Kleiderständer losgebrochen. Sie versuchte, ihn als eine Art Keil zu benutzen in der Hoffnung, damit die Farbe lossprengen zu können. Aber der Haken war nicht kräftig genug. Sooft sie auch damit gegen die Türangel schlug, der Lack löste sich nicht. Sie hatte keine Ahnung, wie spät es war. Ihr kam es vor, als habe sie schon stundenlang an dieser einen Türangel gearbeitet. Bis jetzt ließen sich keine Fortschritte erkennen. Die Tür aber hing in drei Angeln, und der Mann hatte ihr gesagt, er würde um drei Uhr dreißig wieder in der Wohnung sein. Da packte sie den gesamten Kleiderständer mit beiden Händen und benutzte ihn als eine Art Rammbock. Sie ging damit auf die mittlere Türangel los. Ein Splitter der dicken Lackschicht löste sich.

Manche Schnapsgeschäfte bringen ihre eigenen Firmenzettel auf Flaschen an, die sie verkaufen. Die Flaschen, die sich jetzt in Jonah Hobbs Besitz befanden, zeigten die Firmenzeichen von Mercer's Wine & Liquor an der 40. Straße. Diese Straße aber befand sich eine Meile von der Pension an der 36. Straße entfernt. Der Stadtplan war so aufgebaut, daß zwanzig Häuserblocks einer geraden Meile entsprachen. Aus irgendeinem mysteriösen Grund gab es mehr Schnapsläden als Buchhandlungen. Es gab mindestens ein halbes Dutzend solcher Geschäfte innerhalb eines Radius von vier Häuserblöcken rund um die Pension, in der Baal gewohnt hatte. Angesichts der Nachbarschaft so vieler Schnapsläden erschien es Ollie und Carella recht merkwürdig, daß Baal so weit gewandert war, um sich mit Schnaps zu versorgen, vor allem, wo er doch gar nicht vorhatte, ihn zu trinken. Die beiden Kriminalbeamten tauschten darüber ihre Meinung aus, als sie sich auf dem Wege zu Mercer's Wine & Liquor Geschäft befanden. Der Laden war noch geöffnet. Er wurde von einem Manne namens Lewis Mercer geleitet. Sie zeigten ihm das Polizeifoto von Manfred Baal und fragten, ob er jemals in diesem Geschäft gewesen sei.

»O ja, der Mann gehört zu meinen regelmäßigen Kunden«, gab Mercer Auskunft.

»Seit wann kommt er hierher?«

»Erst während der letzten paar Wochen. Aber er kauft viel.«

»Wieviel?«

»Mindestens eine Flasche jeden Tag. Manchmal mehr. Einmal kam er herein und kaufte eine Flasche Gin und dazu noch einen Orangenlikör. Der Mann muß viel trinken. Nun, ich habe es zwangsläufig mit Trinkern zu tun. Das stimmt wohl. Ich kenne Kerle, die an manchem Tag zwei Flaschen und mehr schaffen. Aber das sind schon ausgesprochene Säufer, die man auf den ersten Blick erkennt. Die haben schon alle das Delirium und sehen Geisterschriften an den Wänden. Sie wissen, wie ich das meine? Aber dieser besondere Kunde, dessen Bild Sie mir zeigten, mochte einfach Schnaps. Er kam herein, grüßte freundlich, schaute sich im Laden um, traf seine Auswahl – jedesmal nahm er eine andere Sorte mit.«

»Um welche Zeit, sagten Sie, kam er herein?«

»Fast jeden Tag um die gleiche Zeit. Zwischen zwölf und zwölf Uhr dreißig so ungefähr.«

Ollie warf einen Blick auf die Uhr. »Mr. Mercer, wir haben das Gefühl, man plant einen Raubüberfall auf Ihr Geschäft.«

»Was?« fuhr Mercer auf.

»Dieser Baal hat lange Zeit wegen bewaffneten Raubüberfalles gesessen.«

»So?« sagte Mercer und zuckt die Schultern hoch. »Auf mich hat er einen ganz netten Eindruck gemacht.«

»Es gibt viele nette Leute im Gefängnis«, philosophierte Ollie. »Darunter solche, die Weib und Kinder umgebracht haben. Mr. Mercer, war Mr. Baal gestern hier im Laden?«

»Nein, er war nicht hier.«

»War er am Montag hier?«

»Ja.«

»Sie sagten aber, er käme jeden Tag. Das würde doch bedeuten, daß er auch heute kommen müßte.«

»Stimmt freilich.«

»Mr. Mercer, wir würden gern auf den Mann warten. Gibt es ein Hinterzimmer, das wir so lange benutzen können?«

Manfred Baal kam erst um ein Uhr mittags in den Schnapsladen. Er ging direkt auf den Ladentisch zu, hinter dem Lewis Mercer stand. Er wollte gerade den Mund öffnen, um etwas zu sagen, als Ollie und Carella aus dem Hinterzimmer hereinstürmten. »Polizei!« rief Ollie und stellte sogleich fest, daß die beiden mittleren Knöpfe an Baals Mantel nicht zugeknöpft waren. Baals Hand verschwand in der Öffnung und erschien im Bruchteil einer Sekunde später mit einer Smith & Wesson Automatic. Aber Ollie und Carella hatten ihre Dienstrevolver gezogen. Baal starrte in die Mündungen von einem Paar .38er Detective's Specials. Da wurde ihm unzweifelhaft klar, daß sein Spiel von Anbeginn verloren war. Er ließ seine Waffe auf den Fußboden fallen. »Ich kam nur herein, um eine Flasche Whisky zu kaufen«, erklärte er sanft in seinem stark akzentuierten Englisch, »fragen Sie doch diesen Herrn. Ich komme fast jeden Tag herein, um meinen Whisky zu holen.«

»Wir haben den Herrn bereits befragt«, erklärte Ollie.

»Er wird es Ihnen bestätigen«, sagte Baal.

»Das hat er bereits getan.«

»Und ich habe einen Waffenschein für den Revolver«, erklärte Baal.

»Den möchte ich sehen«, verlangte Carella.

»Leider habe ich ihn im Augenblick nicht bei mir.«

»Bezieht sich der Waffenschein darauf, daß Sie eine Waffe bei sich oder eine in der Wohnung haben dürfen?« fragte Ollie.

»Der Waffenschein erlaubt mir, die Waffe bei mir zu tragen.«

»Dem Gesetz nach müssen Sie einen solchen Schein immer bei sich haben. Wenn Sie ihn nicht vorweisen können, stecken Sie böse drin. Denn dann haben Sie sich eines Verstoßes gegen das Waffengesetz schuldig gemacht.«

»Dennoch können Sie mir keinen bewaffneten Raubüberfall vorwerfen. Ich habe zu dem Herrn kein einziges Wort gesagt. Meine Absicht war nur, eine Flasche Whisky zu kaufen, mehr nicht.«

»Gut, darüber werden wir uns im Revier unterhalten«, sagte Carella.

»Mehr als einen Verstoß können Sie mir nicht nachweisen«, meinte Baal.

»Das würde schon genügen«, schloß Carella das Gespräch ab.

Die Beamten vernahmen Baal volle zwei Stunden lang. Er log wie gedruckt. Sie auch.

»Wir haben den Schnapsladen seit über einem Monat überwacht«, sagte Ollie. »Als wir feststellten, daß Sie regelmäßig dort kauften, wußten wir, daß Sie einen Überfall planten.«

»Ich habe doch nur Whisky gekauft«, wehrte sich Baal.

»Gewiß. Aber wollten Sie heute auch nur Whisky kaufen?«

»Ja.«

»Warum hatten Sie dann eine Schußwaffe im Hosengurt?«

»Das hier ist eine gefährliche Stadt. Gerade deshalb besitze ich ja einen Waffenschein.«

»Manny, Sie lügen uns die Ohren voll«, sagte Ollie. »Sie haben wegen bewaffneten Raubüberfalles gesessen, also ist es völlig ausgeschlossen, daß man Ihnen einen Waffenschein ausgestellt hat, und wenn Sie sich auf den Kopf stellen.«

»Oh, das wissen Sie?« Baal zuckte zusammen.

»Sind Sie schwachsinnig oder was sonst?« fragte Ollie. »Wissen Sie nicht, in welchem Revier Sie sich befinden? Kennen Sie dieses Zimmer nicht? Was ist, verdammt, mit Ihnen los? Wir sind hier im 87. Revier, wo auch Detective Kling arbeitet. Sie kennen den Namen, Manny?«

»Nein, ich glaube nicht«, sagte Baal.

»Das ist der Beamte, dem Sie vor zehn Jahren den Tod angedroht haben.«

»Ich habe niemals in meinem Leben gedroht, jemandem das Leben zu nehmen«, erklärte Baal feierlich.

»Sie haben aber diese Drohung in einem Gerichtssaal vor rund einhundert Zeugen ausgestoßen«, erinnerte ihn Ollie.

»Falls ich so etwas gesagt haben sollte, war es keineswegs ernst gemeint.«

»Wo waren Sie am Sonntagabend?« mischte sich Carella ein.

»Weshalb wollen Sie das wissen?«

»Für uns ist es wichtig.«

»Ich brauche mit Ihnen überhaupt nicht zu reden«, sagte Baal. »Ich kenne meine Rechte.«

»Sie sollten wohl Ihre verdammten Rechte kennen«, fuhr Ollie ihn an. »Wir haben eine halbe Stunde damit zugebracht, sie Ihnen zu erklären.«

»Ich kenne meine Rechte.«

»Sie haben doch gesagt, Sie würden ohne Gegenwart eines Rechtsanwalts mit uns sprechen. Stimmt das oder nicht?«

»Da war ich noch der Meinung, es ginge nur um die Übertretung des Waffengesetzes. Wenn Sie hingegen mit mir über einen bewaffneten Raubüberfall oder über etwas reden wollen, das mit diesem Detective Kling zu tun hat –«

»Was wissen Sie darüber?« fiel Carella sofort ein. »Darüber, daß Kling etwas zugestoßen sei?«

»Falls ihm etwas zugestoßen ist, weiß ich nichts davon.«

»Und seiner Frau?«

»Was?«

»Wissen Sie etwas davon, daß seiner Frau etwas zugestoßen ist?« mischte sich Ollie ein.

»Mit mir könnt ihr nur über den Verstoß gegen das Waffengesetz reden«, lehnte Baal ab. »Etwas anderes könnt ihr mir nicht vorwerfen. Falls ihr versuchen solltet, mir darüber hinaus anzuhängen –«

»Was könnten wir Ihnen denn anhängen?« fragte Carella.

»Bewaffneten Raubüberfall oder den Versuch dazu. Was auch immer. Ich habe das Ladengeschäft nicht überfallen, und es auch nicht versucht.«

»Haben Sie Detective Kling etwas angetan?«

»Ich habe Detective Kling seit zehn Jahren nicht mehr gesehen.«

»Oh, jetzt erinnern Sie sich auf einmal gut an ihn, wie?« hakte Ollie ein.

»Ich erinnere mich jetzt an ihn. Aber wenn ihm oder seiner Frau am Sonntagabend etwas passiert ist, wie Sie zu unterstellen scheinen, dann kann ich ohne Zögern erklären, daß ich an jenem Sonntagabend mit einer mir nahestehenden weiblichen Person zusammen gewesen bin. Wir waren zusammen im Kino.«

»Und wer ist diese Ihnen nahestehende weibliche Bekanntschaft?« fragte Ollie.

»Sie heißt Henrietta Leineweber.«

»Die Dame wird vermutlich bestätigen, daß Sie mit ihr zusammen gewesen sind«, sagte Carella.

»Das wird sie ganz bestimmt tun«, nickte Baal.

Zehn Minuten nach drei wurde Baal zum wachhabenden Sergeanten geführt und wegen Verstoßes gegen das Waffengesetz inhaftiert. Darauf standen drei bis sieben Jahre Gefängnis. Noch lieber wäre es den Kriminalbeamten gewesen, wenn sie den Mann hätten wegen eines bewaffneten Raubüberfalles festsetzen können. Wären sie in dem Schnapsladen nur ein wenig geduldiger gewesen, dann hätte Baal wahrscheinlich die Waffe gezogen und in seinem akzentuierten Englisch gesagt: »Hände hoch! Dies ist ein Überfall!« Aber ihnen war es mehr um den Mann als um seine Absichten gegangen. Sie wollten nur wissen, was er am Sonntagabend gemacht hatte. Deshalb war ihnen der wahrscheinlich größere Erfolg, nämlich die Festnahme bei der Tat, nicht geglückt. Schon bevor sie bei Henrietta Leineweber anriefen, war ihnen klar, daß Baal nichts mit Augustas Entführung zu tun hatte. Dennoch gingen sie routinemäßig vor. Selbstverständlich bestätigte Miss Leineweber, daß sie am Sonntagabend mit Baal zusammen gewesen war. Damit war der Fall erledigt. Die Kriminalbeamten freuten sich natürlich darüber, daß sie Baal ins Gefängnis schicken konnten. Für sie bestand kein Zweifel daran, daß er an jenem Nachmittag den Schnapsladen überfallen hätte, wären sie nicht zufällig dort gewesen, um mit ihm zu sprechen. Es tat ihnen nur leid, daß sie ihn nicht für eine noch längere Zeit hinter Gitter bringen konnten.

Am gleichen Nachmittag um Viertel nach drei wurde Manfred Baal in die Zelle für Untersuchungsgefangene im Keller des gleichen Gebäudes eingeliefert. Hier sollte er auf den Transport zum Kriminalgericht in der City warten.

Um die gleiche Zeit hatte Augusta alle drei Haltestifte aus den Türangeln entfernt und strengte sich jetzt an, die Tür des Lagerraumes aus dem Rahmen zu heben.

12

Vom Lagerraum, der ihr Gefängnis gewesen war, gelangte Augusta in einen schmalen, weißgestrichenen Korridor. Dort bog sie nach links ab und betrat eine gleichfalls weißgestrichene Küche, durch deren einziges Fenster schräge Wintersonnenstrahlen auf den mit Kunststoffliesen ausgelegten Fußboden fielen. In der gegenseitigen Küchenwand befand sich eine Flügeltür gleich rechts neben dem Kühlschrank. Sie ging hinüber und stieß sie auf. Hier endete das sterile Weiß.

Vor Erstaunen und Erschrecken wäre Augusta beinahe in die Küche zurückgeflohen. Sie befand sich inmitten eines Altarschreines.

Der gesamte übrige Teil der Wohnung war ein Schrein. Augusta bildete die Tapete und Augusta bedeckte den Fußboden und Augusta dekorierte die Decke und Augusta war über die Fensterscheiben geklebt, so daß sie kaum Licht durchließen. Wie sie so vom Küchengang aus in den merkwürdig dekorierten Raum starrte, sah sie sich selbst wie aus Tausenden und Tausenden von Spiegeln zurückgeworfen ins Gesicht. Überall begegnete sie ihrem Bild, groß und klein, farbig und schwarzweiß, in Ruhestellung und in Aktion. Der Korridor, das Wohnzimmer dahinter und das Schlafzimmer am jenseitigen Ende des Ganges bildeten eine einzige Collage aus Fotografien, die offenbar aus jedem nur erreichbaren Magazin herausgeschnitten worden waren. Augusta mußte feststellen, daß sich darunter sogar Bilder aus dem Anfang ihrer Karriere befanden. Offenbar war die Sammlung komplett. Sie konnte nicht einmal schätzen, wie viele Ausgaben von jedem Magazin der Mann gekauft haben mußte, um es sorgfältig durchzublättern, ihre Bilder herauszuschneiden und zu diesem Monument zusammenzufügen. Überall waren ihre Fotografien. Schon die an den Wänden allein hätten genügt, um einen überwältigenden Eindruck zu erzielen. Sie waren in mühseliger Kleinarbeit so zusammengefügt worden, daß jeder Quadratzentimeter der Wand bedeckt war. Die einzelnen Bilder waren entweder passend geschnitten oder sie überlappten ein wenig. Alles zusammen bildete ein überquellendes senkrechtstehendes Skizzenbuch ihres Lebens. Aber die Bilder griffen über die Wände hinaus auf die Decke über, und selbst der Fußboden hatte als Weihefläche für sie herhalten müssen. Augusta sah ihre Bildnisse über dem Kopf und unter den Füßen und an allen vier Wandflächen. Einzelne Fotografien waren doppelt vorhanden, manche dreifach und sogar vierfach. Der Spiegeleffekt schien sich dadurch gefährlich zu verstärken. So als ob ein Spiegelbild das andere wiedergab, was sich bis in die Unendlichkeit fortsetzte. Augusta stand jetzt inmitten der von allen Seiten auf sie eindringenden Bildeindrücke und zweifelte an der Wirklichkeit ihres Daseins. Plötzlich fragte sie sich, mitten im Zimmer stehend, ob sie nicht nur ein Echo von einer anderen Augusta an der Wand war. Die gesamte Bilderausstellung war mit Schellack überzogen worden. Die künstliche Beleuchtung des Zimmers warf einen glühenden Schein auf die glitzernde Fläche. Dadurch wurden noch weitere, verwirrende Effekte erzielt. Wenn Augusta sich an den Wänden entlang bewegte, schimmerte plötzlich ein Auge aus einer der Fotografien hell und strahlend hervor, oder das aus einem anderen Blickwinkel wie tot wirkende rote Haar flammte plötzlich auf.

Im Schlafzimmer stand ein riesiges Doppelbett. Es war mit weißen Laken bedeckt. Auch die Kissenhüllen waren weiß. An der einen Wand stand eine weißlackierte Kommode, daneben ein Stuhl mit weißem Kunststoffpolster. Weitere Möbelstücke gab es im Schlafzimmer nicht. Nur das Bett, die Kommode und den Stuhl – knallweiß sich abhebend gegen die bunten Fotografien, die auch hier den Fußboden, die Wände und die Decke überzogen.

Plötzlich fragte sich Augusta, wie spät es wohl sein mußte.

Während sie an der Tür gearbeitet hatte, war ihr jeder Zeitsinn abhanden gekommen. Sie schätzte jedoch, daß es kurz nach Mittag sein müsse. Rasch eilte sie zur Vordertür und überzeugte sich davon, daß auch hier ein Sicherheitsschloß angebracht worden war. Sogleich ging sie in die Küche zurück. Das schmucklose Weiß dieses Raumes empfand sie wie eine kühle Oase inmitten einer überhitzten Wüste. Augusta war auf dem Wege zu dem Telefon an der Wand, als sie die Uhr über dem Kühlschrank erblickte. Es traf sie wie ein Schlag, und ihr war, als spüre sie schon jetzt das Skalpell an ihrer Kehle. Sie konnte sich gar nicht vorstellen, daß die Stunden so schnell verflogen sein konnten. Und dennoch ließen die Zeiger der Uhr keinen Zweifel daran, daß es drei Uhr fünfundzwanzig geworden war. War die Uhr vielleicht stehengeblieben? Aber nein, sie hörte das Summen von der Wand und sah, wie der Minutenzeiger mit fast unmerklicher Bewegung weiterhüpfte, während sie noch darauf starrte. Die Uhr ging. Es war drei Uhr fünfundzwanzig, und der Mann hatte ihr gesagt, er werde um drei Uhr dreißig wieder daheim sein.

Rasch riß sie den Telefonhörer vom Haken, wartete auf das Freizeichen und rüttelte dann ungeduldig an der Gabel, als sie nichts hörte. Augusta hängte den Hörer ein, hob ihn abermals ab, wartete auf das Freizeichen und vernahm den ersten Piepston gerade, als der Schlüssel in der Vordertür herumgedreht wurde. Sie ließ das Telefon fallen, griff nach dem Riegel des Küchenfensters und mußte feststellen, daß er sich nicht bewegen ließ. Alles war dick mit Lack überschmiert.

Rasch eilte sie zum Küchentisch, zog einen Stuhl darunter hervor, schwang ihn hoch über den Kopf und gegen das Fenster. Schritte näherten sich durch die Wohnung. Das Glas zersplitterte. Die Scherben flogen in den engen Hof hinunter. Der Mann kam jetzt durch die Wohnung gerannt. Sie erinnerte sich seiner Warnung, nicht zu schreien. Und ihr fiel auch ein, daß er gedroht hatte, er werde gewalttätig, wenn man ihn durch Schreien reizte. Aber er rannte durch die Wohnung auf sie zu, und er hatte ihr eine Hochzeitszeremonie mit anschließendem Ehebett versprochen, und dann wollte er ihr die Kehle aufschlitzen. – In diesem Augenblick konnte sie sich keine schlimmere Gewalttat vorstellen.

Deshalb schrie sie.

Der Mann war inzwischen in die Küche gerannt. Sie sah sein Gesicht erst, als er sie vom Fenster wegriß, an sich zerrte und ihr mit aller Kraft ein paar Schläge versetzte. Sein Gesicht war verzerrt. Die blauen Augen starrten blicklos. Der Mund stand ihm offen. Er prügelte weiter auf sie ein, während sie schrie. Die Schläge wurden immer schlimmer, bis sie fürchten mußte, er werde ihr die Kinnlade oder die Wangenknochen zertrümmern. Deshalb unterdrückte sie den letzten Schrei, der sich ihr über die Lippen drängen wollte. Es wurde ein Gurgeln daraus. Trotzdem drosch er weiter auf sie ein, als sei er nicht mehr Herr seiner Aktionen. Seine Hand klatschte ihr ins Gesicht und kam sogleich von der anderen Seite rücklings wieder. Da Augusta natürlich versuchte, durch Mitgehen die Wucht der Schläge zu mildern, trafen sie die Rückhandhiebe besonders schmerzhaft.

»Aufhören, bitte«, flüsterte sie fast. Sie wagte nicht, laut zu sprechen, aus Angst, ihn dadurch noch mehr zu reizen und womöglich völlig die Kontrolle über sich selbst zu verlieren. Sie versuchte, ihr Gesicht mit den Händen zu schützen, aber er riß ihr erst die eine Hand fort und dann die andere. Die Schläge trafen sie hageldicht so lange, bis Augusta glaubte, sie würde ohnmächtig, wenn er auch nur noch ein einziges Mal zuschlug. Aber sie wurde nicht ohnmächtig, sondern ließ sich absichtlich und freiwillig zu Boden sinken. Dadurch wurde der Rhythmus seiner Schläge gebrochen. Augusta kroch auf allen vieren mit hängendem Kopf und schnappte nach Luft. Sofort riß er sie wieder auf die Füße, schlug aber nicht weiter auf sie ein. Statt dessen schleppte er sie aus der Küche weg und ins Wohnzimmer hinüber, wo er sie ärgerlich auf den Fußboden stieß. Ihre Lippen begannen von mehreren Schlägen, die den Mund getroffen hatten, anzuschwellen. Sie faßte sich an den Mund, um zu sehen, ob es blutete. Der Mann stand unter der Tür und betrachtete sie jetzt vollkommen ruhig. Er zog den Mantel aus und legte ihn sauber gefaltet auf die Sofalehne. In dem Zimmer brannte nur eine Lampe. Es war eine Stehlampe in der Ecke. Ihr Licht warf einen schwachen Schimmer über die mit Lack überzogenen Bilder an der Decke und auf dem Fußboden. Augusta lag auf ihren eigenen Fotografien wie ein buntscheckiges Dschungeltier, das hofft, sich von dem gleichfalls buntscheckigen Untergrund so wenig wie möglich abzuheben und so Schutz zu finden.

»Das sollte eigentlich eine Überraschung werden«, erklärte er.

»Jetzt haben Sie alles verdorben.«

Er sagte nichts davon, daß sie das Fenster zertrümmert und um Hilfe gerufen hatte. Wie schon früher versuchte sie auch jetzt, ihn in die Wirklichkeit zurückzurufen.

»Es wäre besser, wenn Sie mich gehen ließen«, sagte sie, »solange noch Zeit dazu ist. Wir leben hier in einer gottverdammten Stadt, aber man hat ganz bestimmt gehört –«

»Ich wollte bei Ihnen sein, wenn Sie diese Dekoration zum erstenmal sahen. Gefällt Ihnen, was ich gemacht habe?«

»Irgendwer wird meine Hilferufe der Polizei melden, und dann geht es hier rund.«

»Es tut mir leid, daß ich Sie geschlagen habe«, fuhr er fort. »Aber ich hatte Sie doch gewarnt. Schreie machen mich immer gewalttätig.«

»Verstehen Sie überhaupt, was ich gesagt habe?«

»Ja, Sie sagten, daß irgendwer Ihre Schreie gehört haben muß.«

»Ja, und man wird nach dieser Wohnung suchen, und wenn man Sie hier findet –«

»Nun, das spielt keine Rolle«, erklärte er.

»Was wollen Sie damit sagen?«

»Die Zeremonie wird nur kurz sein. Sie ist vorüber, ehe man diese Wohnung ausfindig gemacht hat.«

»Man wird schneller hier sein, als Sie glauben«, redete Augusta weiter. »Das Küchenfenster ist zerbrochen, man braucht nur an der Wand hochzuschauen, und schon kann man von draußen sehen, welche Wohnung –«

»Wer, Augusta?«

»Wer immer meine Hilfeschreie gehört hat. Ich habe aus dem Fenster gesehen, daß jenseits einer schmalen Gasse das nächste Haus steht . . .«

»Ja, das war einmal eine Hutfabrik. Bis vor kurzem hat dort ein Maler gehaust. Aber der ist inzwischen weggezogen. Das ganze Obergeschoß ist seitdem leer.«

»Das lügen Sie mir vor.«

»Nein.«

»Sie wollen mir weismachen, mich hätte niemand gehört.«

»Schon möglich, daß jemand Sie gehört hat, Augusta. Durchaus denkbar. Aber es spielt wirklich keine Rolle. Wie gesagt, einige Zeit wird vergehen, bis man uns hier findet. Falls man Sie gehört hat. Augusta, gefällt Ihnen, was ich mit Ihren Fotografien gemacht habe? Das ist keine Arbeit von heute auf morgen, müssen Sie wissen. Es hat mich eine ganze Menge Zeit gekostet. Gefällt es Ihnen?«

»Warum haben Sie das alles gemacht«, fragte sie.

»Weil ich Sie liebe.«

»Dann lassen Sie mich gehen.«

»Nein.«

»Bitte, bitte lassen Sie mich gehen. Ich verspreche Ihnen, daß ich nicht –«

»Nein, Augusta, das ist wirklich unmöglich. Ganz unmöglich. Wir brauchen nicht einmal darüber zu sprechen. Außerdem ist bald Zeit für die Zeremonie. Und falls jemand Ihre Schreie gehört hat, wie Sie andeuteten –«

»Wenn Sie mich wirklich lieben ...«

»Ach, das tue ich wirklich.«

»Dann lassen Sie mich gehen.«

»Warum? Damit Sie zu ihm zurückkehren können? Nein, Augusta, kommen Sie jetzt. Es ist Zeit für Ihr Bad.«

»Ich will aber nicht baden.«

»In dem Artikel über Sie –«

»Gehen Sie zum Teufel mit dem Artikel über mich!«

»Darin stand, daß Sie zweimal täglich ein Bad nehmen. Sie haben nicht gebadet, seit ich Sie hierher gebracht habe, Augusta.«

»Lassen Sie mich mit Ihrem gottverdammten Bad in Ruhe!«

»Kommen Sie sich nicht schmutzig vor, Augusta?«

»Nein.«

»Sie müssen jedenfalls baden.«

»Lassen Sie mich in Ruhe.«

»Sie müssen sauber sein für die Zeremonie. Stehen Sie auf, Augusta.«

»Nein.«

»Erheben Sie sich vom Fußboden.«

»Ach, scheren Sie sich zum Teufel«, sagte sie.

Plötzlich erschien das Skalpell in seiner Hand. Er lächelte.

»Los, benutzen Sie es«, schrie ihn Augusta an. »Wenn Sie mich sowieso umbringen wollen, wo läge dann der Unterschied?«

»Wenn ich es jetzt benutze«, erklärte er, »wird das für Sie kein Vergnügen sein. Ich möchte es lieber nicht im Zorn tun, Augusta. Glauben Sie mir, wenn Sie mich weiter provozieren, kann ich Ihnen sehr viel Schmerzen zufügen. Ich liebe Sie, Augusta, zwingen Sie mich nicht dazu, Ihnen wehzutun.«

Sie starrten einander quer durch das Zimmer an.

»Bitte, glauben Sie mir.«

»Aber wenn Sie mich doch töten wollen.«

»Vorerst will ich nicht über Ihren Tod reden.«

»Sie haben aber gesagt, daß Sie mich auf alle Fälle umbringen werden.«

»Ja, aber ich mag nicht davon reden.«

»Warum, warum wollen Sie mich töten?«

»Um Sie zu bestrafen.«

»Mich bestrafen? Ich dachte, Sie lieben mich.«

»Ich liebe Sie auch wirklich.«

»Warum wollen Sie mich dann bestrafen?«

»Für das, was Sie getan haben.«

»Was habe ich denn getan?«

»Das führt zu nichts. Sie machen mich nur wütend. Sie hätten nicht schreien sollen. Damit haben Sie mir Angst eingejagt.«

»Wann?«

»Wann? Gerade jetzt. Als ich in die Wohnung kam. Sie haben geschrien, und das macht mir Angst. Ich dachte, irgend jemand . . .«

»Ja, was haben Sie gedacht?«

»Ich dachte, jemand wäre hier eingedrungen und versuchte . . . versuchte, Ihnen etwas anzutun.«

»Aber Sie selbst wollen mir doch etwas antun?«

»Nein«, schüttelte er den Kopf.

»Sie wollen mich töten. Sie haben doch gesagt –«

»Ich möchte Sie jetzt baden«, erklärte er. »Kommen Sie.« Er streckte die linke Hand aus, in der rechten hielt er das Skalpell. »Kommen Sie, Augusta.«

Sie ergriff seine Hand und ließ sich auf die Füße ziehen. Auf dem Wege durch die Wohnung zum Badezimmer überlegte sich Augusta, daß es vielleicht besser gewesen wäre, das Fenster nicht zu zertrümmern, nicht zu schreien. Sie hätte nichts von all dem tun sollen. Ihre beste Möglichkeit war immer noch, den Mann bei guter Laune zu halten, auf alles zu hören, was er sagte, zu nicken und nett zu lächeln. Sie hätte ihm zustimmen sollen, ihm sagen müssen, wie nett es von ihm war, eine ganze Wohnung mit ihren Bildern zu tapezieren. Sie hätte alles tun müssen, um Zeit zu gewinnen, damit Bert sich auf die Spur des Entführers setzen konnte. Sie war fest davon überzeugt, daß die Polizei inzwischen alle Hebel in Bewegung gesetzt hatte. Es kam nur noch darauf an, das Ergebnis abzuwarten. Geduld und Weitsicht. Bald würden Bert und seine Kollegen hier sein. Sie kannte die Polizei gut genug, um ihr zu vertrauen.

»Ich könnte Ihnen so leicht etwas antun«, sagte der Mann.

Sie gab ihm keine Antwort. Ruhig und bedachtsam, ermahnte sie sich selbst. Kühl. Abwarten. Ihn bei guter Laune halten.

»Es ist so leicht, jemandem wehzutun«, fuhr er fort. »Habe ich Ihnen erzählt, daß meine Mutter von einem Eindringling getötet worden ist?«

»Ja.«

»Das ist natürlich schon sehr lange her. Kommen Sie, wir müssen Sie jetzt baden, Augusta.«

Im Badezimmer schüttete er einen Badezusatz in die Wanne. Augusta sah zu, wie die Bläschen aufschäumten. Sie hörte ihn hinter sich mit der Klinge des Skalpells gegen die Ecke des Waschbeckens klopfen.

»Wissen Sie auch, warum ich das Schaumbad besorgt habe?« fragte er.

»Ja, es stand so in dem Magazinartikel.«

»Ist es wahr, daß Sie Schaumbäder besonders gern mögen?«

»Ja.«

»Dann will ich Sie jetzt baden«, sagte er.

Sie duldete seine Hände auf ihrem Körper.

»Nachdem sich Baal nun auch als Reinfall erwiesen hat, jedenfalls in unserer jetzigen Aufgabe«, sagte Ollie, »meine ich, wir sollten die Sache von einer anderen Seite anpacken, die ich mir inzwischen überlegt habe.«

»Von welcher Seite wäre das?« fragte Carella mürrisch und müde.

»Ich weiß nicht, wie weit eure Erfahrungen mit Zeugen gehen –«

»Na, da kann ich wohl mitreden«, sagte Carella.

»– ich habe da jedenfalls im Laufe der Jahre so meine Erfahrungen gemacht.« Ollie war Carellas Tonfall vollkommen entgangen. »Und deshalb möchte ich euch gerne vermitteln, was ich gelernt habe.«

»Was denn?« fragte Carella.

Ollie ging einem auf die Nerven. Früher oder später ging er einem immer auf die Nerven. Das lag daran, daß Ollie bigott, halsstarrig, grausam, gefühllos, fett, humorlos und einfallslos war . . . Nein, das stimmte nicht. Ollie hatte Einfälle.

»Man muß den Zeugen weiterhelfen«, dozierte er.

»Weiterhelfen?« fragte Carella. »Wie soll ich das verstehen?«

»Nehmen wir zum Beispiel diesen Bill Bailey . . .«, sagte Ollie.

»Was ist mit ihm?«

»Das ist der einzige Zeuge, den wir überhaupt haben. Er hat den Lastwagen im Lieferantenhof parken gesehen. Nicht wahr? Hat er das nicht zu dir gesagt?«

»Stimmt«, nickte Carella.

»Okay, das ist also alles, was wir wirklich wissen, Stevichen«, sagte er, und Carella verzog angewidert das Gesicht.

»Wir haben da also einen alten Furz von einem Mann, der sagt, er habe durch ein fettverschmiertes Fenster einen weißen Lieferwagen im Hof gesehen. Das steht hier in deinem Report, mein Freund, wo es jeder sehen und lesen kann. Ach, ja.«

Carella verzog abermals das Gesicht. Falls überhaupt möglich, war Ollie noch widerlicher als sonst, wenn er W. C. Fields imitierte. »Es steht auch in deinem Bericht«, fuhr Ollie fort und verfiel wieder in seine natürliche Stimme, wobei er mit dem Zeigefinger auf die getippte Seite zeigte:

»Daß der alte Bill Bailey nicht weiß, was für eine Art Lieferwagen es war. Er hat nur einen weißen Lieferwagen gesehen. Das ist nicht viel, Stevichen. Es gibt sicherlich in der Stadt Hunderte von Arten weißer Lieferwagen. Stimmt das?«

»Sicherlich. Ganz bestimmt.«

»Und hier müssen wir dem alten Bill Bailey ein wenig auf die Sprünge helfen.«

»Inwiefern auf die Sprünge helfen?«

»Wir müssen da mal ganz ruhig bleiben«, belehrte ihn Ollie vergnügt.

»Steve, du und deine Kollegen hier oben, ihr seid wirklich sehr nette Kerle. Das meine ich ehrlich. Aber in diesem Falle könnt ihr anscheinend alle nicht klar denken. Das zeigt sich auch darin, daß du dem alten Bill Bailey nicht weitergeholfen hast. Sicherlich liegt das daran, daß euch Bert Kling so nahesteht. Das ist verständlich. Aber ihr dürft dadurch euer klares Denken nicht vermasseln lassen, Steve. Auch das meine ich ernst. Deshalb ist es nach wie vor gut, daß ich euch bei der Lösung dieses Falles helfe. Irgendwer muß hier wohl seinen klaren Kopf bewahren. Was ich sagen will, Steve, jemand muß die richtige Perspektive und die richtige Einstellung haben, und das bin wahrscheinlich ich.«

»Mag sein«, seufzte Carella.

»Wie viele Arten von weißen Lieferwagen, meinst du, mag es in der Stadt geben?«

»Keine Ahnung.«

»Wie viele würdest du schätzen?«

»Wirklich keine Ahnung.«

»Schätze.«

»Ollie . . .«

»Um welche Zeit bin ich heute nachmittag hier weggegangen. Erinnerst du dich daran?« fragte Ollie.

»Hör mal, red' nicht mit mir, als wäre ich ein Verdächtiger beim Verhör«, lehnte Carella ab. »Wenn du etwas zu sagen hast, dann rück damit heraus anstatt mir Fangfragen zu stellen, in der Absicht –«

»Du willst also sagen, du weißt nicht mehr, um welche Zeit ich heute nachmittag weggegangen bin?«

»Es muß etwa drei Uhr dreißig gewesen sein«, sagte Carella und seufzte wieder.

»Das stimmt. Und weißt du, wohin ich gegangen bin?«

»Wohin bist du gegangen?«

»Ich ging zur Ainsley Avenue, wo sich die vielen Automobilgeschäfte befinden. Zehn Minuten habe ich bis dorthin gebraucht. Dann habe ich alle Ausstellungsräume aufgesucht. Dafür brauchte ich weitere zwanzig Minuten, und zehn Minuten brauchte ich für den Rückweg . . .«

»Ollie, ich brauche deinen Zeitplan wirklich nicht.«

»Weißt du, warum ich in diese Ausstellungsräume gegangen bin, Steve?«

»Warum?«

»Um das hier zu sammeln«, erklärte Ollie und hob eine Aktentasche vom Fußboden, die er vor Carella auf den Schreibtisch legte. »Nun will ich dir ohne weitere Umschweife erklären, mein Freund, was sich in dieser Mappe vor dir auf dem Tisch befindet. Es handelt sich nämlich um eine seltene Sammlung von Broschüren und Faltblättern mit den Fotografien aller Sorten von Lieferwagen und kleinen Lastwagen, die von den größeren amerikanischen und fremden Automobilfirmen hergestellt werden. Jawohl. Ich habe Dutzende und Dutzende von Bildern in meiner Aktenmappe. Weißt du, was ich jetzt mit diesen Bildern machen werde, mein Junge?«

»Das kann ich mir vorstellen«, sagte Carella.

»Ich werde sie dem alten Bill Bailey zeigen.«

Auch Alexander Pike hatte einige Bilder. Er erschien um vier Uhr siebzehn auf der Wache, genau drei Minuten, nachdem Ollie fortgegangen war, um mit dem alten Bill Bailey zu reden. Carella hatte beiläufig erwähnt, daß Bill Bailey nicht vor zehn Uhr abends zur Arbeit käme. Aber Ollie erklärte ihm rasch, er habe bereits bei Baileys Arbeitsstelle angerufen (den Namen der R & M Luncheonette hatte er Carellas Bericht entnommen). Sie hatten ihm Baileys Privatadresse gesagt. Nun war also Pike auf der Wache und hatte gleichfalls einige Bilder mitgebracht.

»Ich hatte immer noch einen Film in der Kamera«, erklärte er. »Ich habe sie Sonntagabend eingelegt und dann vergessen. Erst heute früh habe ich diese Kamera wieder benutzt. Den Rest der Filmrolle habe ich heute vormittag verschossen. Können Sie mir folgen?«

»Ja, doch«, nickte Carella verwundert.

»Und heute nachmittag habe ich diesen Film entwickelt. Heute früh habe ich nämlich berufliche Aufnahmen gemacht, müssen Sie wissen. Und ich mußte sofort einige Kontaktabzüge herstellen, um damit –«

»Ja, ich verstehe schon«, unterbrach ihn Carella.

»Nun, das erste Bild auf der Filmrolle, von der ich vergessen hatte, daß sie sich noch in der Kamera befand, war ein Foto, das Kling am Sonntagabend gemacht hat.«

»Kling hat fotografiert?«

»Ja, ich habe ihn darum gebeten. Es ist ein Bild von mir und Augusta.«

»Ich verstehe«, wiederholte Carella geduldig.

»Die Aufnahme wurde in der Hotelhalle gemacht.«

»Hm, hm.«

»Gleich in der Nähe der Drehtür.«

»Ja, hm.«

»Die Kamera ist mit einer Fünfzig-Millimeter-Linse ausgestattet. Kling hat außerdem das Blitzlicht benutzt. Dadurch ergibt sich eine wesentliche Tiefenschärfe. Sonst hätte hinter Augusta und mir alles in tiefer Dunkelheit gelegen.«

»Ja, ich verstehe«, nickte Carella.

»Nun, ich habe mir die Kontaktabzüge mit einer Lupe angesehen, eigentlich nur um herauszufinden, was ich für die Redaktion vergrößern könnte. Da sah ich das Foto, das Kling gemacht hat. Das Bild von Augusta und mir. Oh, er hat vielleicht anderthalb Meter von uns entfernt gestanden, als er auf den Auslöser drückte. Und genau hinter uns ist ein Mann zu sehen, der gerade durch die Drehtür kam. Er hat den vollen Strahl des Blitzlichtes abbekommen. Man sieht ihn ganz hell beleuchtet. Er kam mir bekannt vor, Mr. Carella. Also habe ich eine Vergrößerung gemacht, und es ist der gleiche Mann.«

»Was für ein Mann?«

»Der Mann, der auch in der Kirche saß und die Hochzeit beobachtete. Der Mann mit dem blonden Haar und den hellen Augen.«

»Darf ich bitte mal die Vergrößerung sehen?«

»Gewiß«, erklärte Pike und öffnete einen großen Umschlag, dem er die Schwarzweiß-Vergrößerung entnahm, um sie vor Carella auf den Tisch zu legen. Im Vordergrund war der strahlende Alexander neben Augusta zu sehen. Im Hintergrund war der bisher nicht identifizierte blonde Mann. Er kam gerade durch die Drehtür. Offensichtlich hatte er im letzten Augenblick die Kamera gesehen und sich von ihr abzuwenden versucht. Seine Hand war halb erhoben, so als wolle er sein Gesicht verbergen.

»Das ist er wirklich«, stellte Carella fest.

»Sehen Sie seine Hand?« fragte Pike. »Er trägt einen Ring. Auf allen Bildern, die ich von ihm in der Kirche gemacht habe, hielt er die Hände im Schoß gefaltet. Der Ring war nicht zu sehen. Genauer gesagt, nicht einmal seine Hände waren zu erkennen mit Ausnahme von zwei Bildern, die ich von der Seite her zum Mittelgang machte. Und zwar von links, so daß die rechte Hand nicht zu erkennen war. Er hielt auf diesem Bild beide Hände über den dunklen Mantel gefaltet, aber die linke Hand der Kamera zugekehrt. Erinnern Sie sich an diese Bilder?«

»Ja.«

»Aber auf dem Foto, das Kling geschossen hat, ist der Ring sichtbar. Und ich dachte mir, es wäre vielleicht gut, ihn herauszuvergrößern. Ich habe ihn so stark vergrößert, wie es eben noch ging. Natürlich weisen die Vergrößerungen ein grobes Korn auf, aber man kann alles darauf erkennen. Diese hier ist besonders gut.« Er griff abermals in den Umschlag und legte eine zweite Vergrößerung auf den Tisch. »Ihre Augen sind wahrscheinlich schärfer als meine. Und selbst ich kann lesen, was auf dem Ring steht.«

Carella betrachtete die Fotografie. Es war eine bemerkenswert klare Vergrößerung. Das Schmuckstück stellte ohne Zweifel einen Ring dar, wie ihn die Studenten mancher Universitäten nach dem bestandenen ersten Examen tragen. Der Stein in der Mitte des Rings war mehrfach geschliffen und von hellem Ton. Wahrscheinlich ein

Amethyst. Der Körper des Ringes schien aus massivem Metall, wahrscheinlich Gold zu sein. Die Inschrift rund um den Stein ließ die Worte »Ramsey University« erkennen.

»Diese Universität ist doch hier in der Stadt, nicht wahr?« fragte Pike.

»Ja«, gab Carella kurz zurück und warf einen Blick auf die Uhr. Es war beinahe vier Uhr dreißig. Ohne ein Wort für Pike, riß er das Telefonbuch an sich.

Der alte Bill Bailey sah noch älter aus, als Ollie ihn sich vorgestellt hatte. Kaum hatte der Kriminalbeamte einen Blick auf den Mann geworfen, da bezweifelte er auch schon, daß er ihm weiterhelfen könnte. Die dicken Brillengläser ließen vermuten, daß der Mann blind war wie eine Fledermaus. Trotzdem wies sich Ollie aus, stellte sich vor und fragte, ob er mal kurz in die Wohnung kommen dürfe. In den Zimmern roch es nach Katzenunrat, was ihm seltsam vorkam, weil nirgendwo Katzen zu sehen waren.

»Von Detective Carella weiß ich, daß Sie im Hotelhof am Sonntagabend einen weißen Lieferwagen beobachtet haben . . .«

»Das stimmt«, sagte Bailey.

»Ich bin nun gekommen, Mr. Bailey, um herauszufinden, ob Sie uns vielleicht dabei helfen könnten, diesen Wagen zu identifizieren.«

»Nun, ich habe schon dem anderen Beamten gesagt . . ., wie hieß er gleich?«

»Carella.«

»Carella, ganz recht. Dem habe ich doch schon gesagt, daß ich nicht weiß, was für ein Wagen es gewesen ist.«

»Nun, wie der Zufall so spielt, Mr. Bailey«, meinte Ollie und öffnete seine Aktenmappe. »Ich habe da einige Bilder von unterschiedlichen Lieferwagen. Alle möglichen Größen und Aufbauten. Vielleicht wären Sie doch so freundlich, sich diese Bilder einmal anzusehen. Vielleicht fällt Ihnen dabei etwas ein. Es würde schon genügen, wenn wir uns auf die Art von Lieferwagen einigen könnten, die es gewesen sein könnte, okay?«

»Okay.«

»Das sind Broschüren von allen Automobilherstellern. Wir blättern sie jetzt einmal durch. Okay? Sehen Sie zu, ob Sie einen ähnlichen Wagen entdecken, wie den vom Sonntagabend.«

»Okay«, nickte Bailey.

»Fein, dann fangen wir gleich einmal hier an. Da steht alles an Kleinlastwagen und Lieferwagen aufgereiht, was bei Ford hergestellt wird. Zwei sind vorn auf dem Umschlag abgebildet. Hat der Wagen, den Sie sahen –«

»Nein, so wie diese beiden hat er nicht ausgesehen«, erklärte Bailey.

»Worin lag der Unterschied?«

»Tja, da war hinten keine Öffnung. Nein, von dieser Art war er nicht.«

»Sie meinen die Ladefläche?«

»Den Raum da hinten.«

»Ganz recht, dort ist die Ladefläche.«

»So hat der Wagen nicht ausgesehen. Er hatte keine solche Ladefläche.«

»Okay, dann legen wir diesen Prospekt beiseite und nehmen uns einen anderen vor. Ich nehme einmal an, Mr. Bailey, daß ein großer Lastzug ausscheidet. Er hätte in der engen Gasse keinen Platz gefunden.«

»Nein, nein – ganz bestimmt war es kein großer Lastwagen.«

»Dann sehen wir uns einmal den Prospekt von Chevrolet an. Hier sind lauter Bus-Chassis abgebildet.«

»Nein, ein Bus ist es nicht gewesen.«

»Gewiß, wahrscheinlich war es kein Schulbus, wie dieser gelbe hier auf dem Umschlag ...«

»Nein, ein Bus war es überhaupt nicht.«

»Aber, sehen Sie mal, hier drinnen sind kleinere abgebildet. Da ist zum Beispiel einer mit nur neun Sitzplätzen ...«

»Nein, das Auto war größer als auf diesem Bild.«

»Wie wäre es denn mit diesem hier mit zwölf Sitzen?«

»Nein, er war auch größer als dieses Auto.«

»Bewegen wir uns überhaupt in der rechten Richtung? War es eine Art von Lieferwagen? Oder mehr ein Lastwagen? Wie würden Sie einen Lieferwagen beschreiben?«

»Ganz bestimmt war es kein Fahrzeug mit einer offenen Ladefläche. Der Aufbau war ringsherum geschlossen.«

»Also doch wie ein Lieferwagen?«

»Wenn man das so nennt«, meinte Bailey zögernd.

»Nun, das ist jedenfalls der offizielle Ausdruck dafür.« Ollie griff nach einem anderen Faltblatt. »Sehen Sie das hier? Auf dem Umschlag ist ein typischer Lieferwagen abgebildet. Hat das von Ihnen beobachtete Fahrzeug ungefähr so ausgesehen?«

»Ungefähr, aber nicht ganz.«

»War an der Seite eine Schiebetür angebracht?«

»Ich habe nur die Rückseite gesehen.«

»Auf der Innenseite ist ein weiteres Bild. Ein Wagen mit einer Seitentür und einer Klappe hinten, sehen Sie das? Haben Sie so eine Klappe an der Rückseite gesehen?«

»Das glaube ich beinahe.«

»Aber Sie sind nicht sicher?«

»Das Fahrzeug war weiß. Das weiß ich ganz genau. Und es war auch größer als das da.«

»Größer als der Lieferwagen, ja?«

»Ja.«

»Aber es war ein Lieferwagen, ja? Ungefähr von einem solchen Typ . . .«

»Ja, ich glaube schon, daß es ein Lieferwagen war.«

»Gut, damit wären wir einen Schritt weiter. Ich habe noch viele Prospekte. Lassen Sie sich nur Zeit, Mr. Bailey. Denn wir möchten nur zu gerne dahinterkommen –«

»Ich lasse mir Zeit«, unterbrach ihn Bailey.

»Hier haben wir noch einmal Fahrzeuge von Ford. Sie sagten, der Lieferwagen sei weiß gewesen. Sehen Sie, da auf der Innenseite ist ein weißer Lieferwagen, wie ihn die Paketzusteller haben. Meinen Sie, daß Ihr Fahrzeug so ausgesehen hat?«

»Nein«, erklärte Bailey mit Bestimmtheit.

»Nun, wie wäre es mit dem? Auf der rechten Seite ist ein weißes Fahrzeug. Etwa so?«

»Nein.«

»Viele Milchgeschäfte und Backwarenlieferanten benutzen solche

Wagen«, erklärte Ollie. »Sie haben Detective Carella gesagt, daß Sie zunächst an einen Milchwagen oder an einen Bäcker gedacht hätten . . .«

»Oder ein Fahrzeug, das Bett- und Tischwäsche liefert. Ich dachte, so spät abends würden noch Tischtücher oder so was gebracht.«

»Auch Fahrzeuge solcher Firmen sehen so aus«, erklärte Ollie.

»Ja, aber der Wagen, den ich auf dem Hinterhof sah, hat nicht so ausgesehen.«

»Wie ist es mit dem auf der nächsten Seite? Dieser sieht etwas größer aus als der auf dem Titelblatt.«

»Nein, der, den ich gesehen habe, sah nicht so groß aus.«

»Okay, wir blättern weiter. Da ist ein kleinerer.«

»Der Orangefarbene? Meinen Sie den?«

»Ja.«

»Ich habe aber einen weißen Wagen gesehen.«

»Das weiß ich. Vergessen wir mal vorübergehend die Farbe. Wir suchen die Größe und den Typ des Aufbaus.«

»Nein, so hat er auch nicht ausgesehen.«

»Aber es war ein Lieferwagen mit rückwärtiger Klappe und Seitentür?«

»Das weiß ich nicht, jedenfalls nicht bestimmt.«

»Bitte, wir sehen die letzte Seite an.« Ollie klappte das Faltblatt um. »Hier sieht man die verschiedenen Aufbauten. Da ist einer für eine Firma, die Feuerlöscher liefert, und da einer –«

»Hier«, rief Bailey, »so hat er ausgesehen.«

»Der da?«

»Nein, der andere. Rechts unten auf der Seite. Ungefähr so hat er ausgesehen.«

»Dieser hier?« fragte Ollie und deutete auf die Fotografie.

»Das ist er«, erklärte Bailey.

Sie betrachteten das Bild eines Wagens mit weißem Kastenaufbau und einer roten Lampe unmittelbar über der Windschutzscheibe. Auch auf der Motorhaube waren rote Warnleuchten angebracht. Ein roter Streifen zog sich rund um das weiße Fahrzeug herum. Darauf waren weiße Buchstaben zu erkennen. Auf der Motorhaube und an den Seiten des Wagens stand das Wort NOTARZTWAGEN. Unter der Fotografie standen ein paar Zeilen: Dieses Fahrzeug ist mit allen elektronischen und medizinischen Geräten für den Soforteinsatz versehen, wie sie in den meisten Aufnahmestationen der Krankenhäuser vorhanden sind. Unterbringungsmöglichkeit für vier Krankentragen.

»Also ein gottverdammter Krankenwagen«, sagte Ollie.

Die Robe hatte sechs Knöpfe zwischen dem viereckigen Ausschnitt und der im Empirestil enggezogenen Taille. Das lange Kleid bestand aus Baumwolle und war reihenweise mit gefältelter weißer Spitze besetzt. Spitze zierte auch die Aufschläge der weitgeschnittenen Ärmel. Eine aus Kunstseide angefertige Krone mit Schleier schmückten Augustas kastanienrotes Haar. In der Hand hielt sie ein kleines Bukett roter Rosen. Er hatte sie persönlich angezogen, wobei er es sich nicht nehmen ließ, ihr bei den zarten, mit Spitzen besetzten Höschen und dem Büstenhalter zu helfen. Mit eigener Hand hatte er den aus Spitze gefertigten blauen Hüfthalter angelegt und ihr den Schleier mit der kleinen Krone auf den Kopf gesetzt, bevor er ihr den Blumenstrauß überreichte. Barfuß führte er sie ins Wohnzimmer, wo sie sich vor ihm auf das Sofa setzen mußte. Augusta ließ sich nieder. Er befahl ihr, beide Hände um den Blumenstrauß zu falten, den sie im Schoß halten mußte. Danach trug er ihr auf, geradeaus zu sehen, nicht nach rechts und nicht nach links, nur geradeaus. Er stand unmittelbar vor ihr, etwa anderthalb Meter entfernt und begann zu rezitieren.

»Wir sind hier Zeugen«, ließ er sich vernehmen, »wir beide ganz allein, wir sind Zeugen dieses heiligen Sakramentes, dem wir beiwohnen. Du und ich, Mann und Frau, ein Kind noch schlafend in Unschuld, das bezeugen wir. Wir sind Zeugen dieses Aktes, wir haben es gesehen, wir haben es gesehen. Ich habe sie schon vorher gesehen, ja, ich habe sie schon vorher gesehen, ich habe Fotografien gesehen, ja. Sie wußte dies, sie war ein berühmtes Modell, und vor ihrer Tür lagen Rosen, die ein Fremder dorthin gelegt hatte. Sie lagen oft dort ohne Vorankündigung. Ich habe Fotografien von ihr gesehen, ja, sie war sehr berühmt. Ich habe auch gesehen, wie sie sich anzog. Ich habe manchmal auch gesehen – wenn die Schlafzimmertür etwas offenstand, ich habe sie manchmal in ihrer Unterwäsche gesehen, ja, sie war sehr schön. Ich habe sie aber niemals nackt gesehen. Niemals so – das Blut, ach!«

Er schüttelte den Kopf. Die letzten drei Worte hatte er Deutsch gesprochen, und obwohl Augusta Deutsch nicht beherrschte, begriff sie sofort den Sinn des Wortes »Blut«. Er wiederholte das Wort in Englisch, wobei er immer noch den Kopf schüttelte und den Blick auf die Rosen in Augustas Schoß geheftet hielt.

»Blut, soviel Blut überall. Auf dem Fußboden, auf ihren Beinen, nackt und offen, verstehen Sie? Meine eigene Mutter, meine Mutter. Sich so zur Schau zu stellen, aber ach, es ist so lange her. Wir müssen das jetzt vergessen. Nicht wahr? Und in aller Fairneß, sie war tot, weißt du, er hatte ihr die Kehle durchschnitten, weißt du, wir wollen ihnen ihre Vergehen vergeben, denn sie wußten nicht, was sie taten. Soviel Blut, jedoch . . . soviel. Er hatte sie so bös zerschnitten, ja, ja. Selbst an ihrem Hals war sie . . . so viele Schnitte . . . sie . . . überall hatte sie hingegriffen und blutige Spuren zurückgelassen. Sie wollte vor ihm davonlaufen, wissen Sie? Dabei hatte sie die Wand berührt, die Kommode und die Schranktür, die Stühle. Blut überall. Sie schrie. Ach, ach – ich hielt mir die Ohren mit den Händen zu. Bitte, bitte, flehte sie immer wieder. Bitte, bitte – wo ist mein Vater, daß er so etwas geschehen läßt. Wo? Überall Blut, wohin ich sah. Ihre Beine waren gespreizt, als ich ins Schlafzimmer kam. Da war auch Blut an den Seiten ihrer Oberschenkel. Schamlos. Wie eine billige Hure. Hatte sie ihn dies tun lassen? Warum hatte sie es erlaubt, warum? Bei mir war sie immer so vorsichtig, natürlich, immer so keusch und züchtig. Nein, Klaus, du darfst nicht im Schlafzimmer bleiben, wenn ich mich umziehe. Du darfst nicht deine Mutter belauschen. Lauf und geh spielen. Sei ein lieber Junge – Petticoats und Spitzen und einmal in ihren Schlüpfern mit oben nichts. Sie roch nach Parfüm. Ich hätte sie an diesem Tage so gern angerührt, Augusta, aber natürlich war ich zu klein. Du bist zu klein, Augusta, dein Busen ist wirklich eine Enttäuschung für mich. Ich weiß nicht, warum ich mir die Mühe mache, Sie überhaupt zu lieben, wenn Sie sich einem anderen hingeben. Nun, das ist lange her, nein? Vergeben und vergessen. Lassen wir die Vergangenheit ruhen. Wir sind heute hier, um das alles zu ändern.

Heute sind wir hier die Zeugen.«

Er lächelte plötzlich, schaute von den Rosen auf und Augusta direkt ins Gesicht.

»Johanna, meine Geliebte«, fuhr er fort. »Wir sind hier, um heute zu heiraten, du und ich. Wir sind hier, um Hochzeit zu feiern. Unsere Vereinigung soll geheiligt werden, wir sind hier als Zeugen und um zu sühnen. Ich meine den anderen. Deine Vereinigung mit dem anderen wollen wir sühnen, Johanna. Wir wollen das schamlose Verhalten vergessen. Warum hast du ihn das tun lassen?« schrie er plötzlich und fuhr dann leiser fort »vergib mir, Augusta«, und damit trat er an das Sofa heran, nahm ihr das Bukett aus der Hand und legte es auf den Fußboden. Dann kniete er vor ihr nieder, umfaßte ihre beiden Hände und sagte schlicht: »Ich nehme dich hiermit zur Frau und als mein Eigen.«

Er küßte ihr die Hände, erst die eine und dann die andere. Langsam stand er auf, zog sie vom Sofa hoch und führte sie zum Schlafzimmer.

Der Präsident der Ramsey University war ein Mann hoch in den Sechzigern. Er war von einem College in Boston gekommen und erst seit Beginn des Monats September im Vorstand der Universität. Er konnte auf keinen Fall jemand auf den Fotografien wiedererkennen, die Carella ihm vorlegte. Dennoch warf er höflich einen Blick darauf und schüttelte den Kopf. Er schlug Carella vor, die Jahrbücher der Universität durchzublättern. Er klingelte nach seiner Sekretärin. Diese führte Carella in die Bibliothek, wo Ausgaben aller Jahrbücher seit Gründung der Universität aufbewahrt wurden.

»Stellen Sie Untersuchungen in einem Mordfall an?« fragte die Sekretärin. Sie war eine hübsche, flotte Blondine, etwa Mitte Zwanzig. Ihr Röckchen erschien Carella ein wenig zu kurz für die Räume einer Akademie.

»Nein, es ist kein Mordfall«, gab er Auskunft.

»Was ist es denn?«

»Nur eine Routineüberprüfung.«

»Oh«, machte sie offensichtlich enttäuscht. »Ich dachte schon, es wäre etwas Aufregendes.« Sie zuckte mit den Schultern und klickte dann auf hohen Absätzen den langen Gang der Bibliothek hinunter. Carella blieb allein in dem vom Echo ihrer Schritte erfüllten Raum zurück.

Wenn er das genaue Alter des Mannes gewußt hätte, wäre seine Aufgabe einfacher gewesen. Aber das wußte er nun einmal nicht. Nach der Fotografie zu urteilen, lag sein Alter irgendwo zwischen fünfundzwanzig und dreißig Jahren. Das Durchschnittsalter, in dem Studenten in Amerika ihre erste Staatsprüfung ablegen, liegt aber bei zweiundzwanzig Jahren. Meistens werden solche Prüfungen zu zwei Terminen abgelegt, eine im Januar und die andere im Juni. Carella wollte keine Zeit verlieren. Er nahm die höchste Schätzung, nämlich dreißig Jahre, zur Grundlage seiner Überlegung und zog davon zweiundzwanzig ab, was zu acht führte. Damit wollte er anfangen. Mit dem Jahrbuch, das vor acht Jahren herausgekommen war. Er fand die Bände auf den Regalen, die ihm die Sekretärin des Präsidenten gezeigt hatte. Der Kriminalbeamte nahm die Ausgaben von Januar und Juni herunter. Beim Januar beginnend, blätterte er langsam die Seiten um, wobei er sich dessen bewußt war, daß ein Mann vor acht Jahren ganz anders ausgesehen haben konnte. In seinem Eifer, möglichst schnell ans Ziel zu kommen, wollte er diesen Fehler von vornherein nicht machen. Weder im Januar-Band noch in dem vom Monat Juni fand er ein Bild, das auch nur entfernte Ähnlichkeit mit den Fotos von der Hochzeit gehabt hätte. Geduldig machte er sich an die Arbeit, auch die Bände der folgenden Jahre durchzugehen.

Er war sich darüber klar, daß er womöglich insgesamt sechzehn Jahrbücher würde durchgehen müssen – nämlich für acht Jahre jeweils zwei Bände, um ganz sicher zu sein, daß er alle Möglichkeiten für einen Mann ausschöpfte, der jetzt zwischen fünfundzwanzig und dreißig Jahre alt sein mochte. Carella hatte sich darauf eingestellt, alle sechzehn Jahrbände zu durchstöbern, und wenn er in ihnen nichts fand, dann wollte er jedes verdammte Jahrbuch aus der endlosen Reihe durchgehen. Wie sich schließlich zeigte, brauchte er nur eine halbe Stunde in der Bibliothek zuzubringen.

Der Mann hieß Klaus Scheiner. Er hatte vor sechs Jahren seine erste Prüfung abgelegt und zählte jetzt achtundzwanzig Jahre. Dem-

nach war die ursprüngliche Schätzung gar nicht so weit daneben gegangen. Er war Mitglied des Glee Club und der Honor Society gewesen und in seinem Junior Jahr zum Phi Beta Kappa gewählt worden. Ferner war er als Präsident des German Club verzeichnet. Einer alten Gewohnheit zufolge fanden sich unter manchen Lebensläufen der Studenten ein paar lustige Verse. Bei Scheiner hieß es:
Klaus ist ehrgeizig in allen Revieren
Klaus will Medizin studieren.

Er hielt das Skalpell in der Hand.

Er hatte versucht, mit ihr zu schlafen und dabei völlig versagt. Nun erhob er sich wütend vom Bett und sagte: »Zieh deine Unterwäsche an! Bist du eine Hure? Oder was bist du?« Er sah ihr zu, wie sie das lange Brautkleid hob und den mit weißen Spitzen besetzten Schlüpfer anzog. Er hatte vorher von ihr keine weitere Entkleidung verlangt.

»Du brauchst nicht erst zu antworten«, fuhr er fort. »Ich weiß, was du bist. Das wußte ich schon seit langem.«

Sie sagte daraufhin nichts.

»Ich vermute, du bist von mir enttäuscht«, redete er weiter. »So eine wie du kennt bestimmt viele Männer. Ich nehme an, meine Leistung war wenig zufriedenstellend.«

Immer noch schwieg sie vor sich hin.

»Hast du schon andere wie mich gehabt? Bei deiner Erfahrung? Sind dir schon andere begegnet, die nichts zustande brachten?«

»Ich möchte, daß du mich jetzt gehen läßt.«

»Antworte mir! Haben auch schon andere bei dir so wie ich versagt?«

»Bitte, laß mich gehen. Gib mir den Schlüssel zur Vordertür und –«

»Ich bin davon überzeugt, daß dir schon sehr viele Männer mit den gleichen medizinischen Problemen begegnet sind. Bei mir handelt es sich ausschließlich um ein medizinisches Problem. Eines Tages werde ich darüber einen Arzt befragen. Er wird mir eine Pille verschreiben, und schon ist alles wieder in Ordnung. Ich war schon beinahe selbst ein Arzt, wußtest du das? Ich war Phi Beta Kappa an der

Ramsey University. Wußtest du das? Ja, ich hatte dort schon mein erstes Staatsexamen, Phi Beta Kappa. Und ich war auf einer der besten Medizinschulen des Landes eingeschrieben. Jawohl. Ich habe diese Schule zwei Jahre besucht. Möchtest du wissen, was dann geschah? Möchtest du wissen, warum ich heute kein Arzt bin? Ich könnte nämlich ein Arzt sein, mußt du wissen.«

»Ich will hier raus«, sagte Augusta. »Bitte, gib mir den Schlüssel.«

»Augusta, das ist doch absurd. Du kannst nicht weggehen. Du wirst niemals hier rauskommen. Ich werde dich nämlich töten.«

»Warum?«

»Das habe ich schon gesagt. Möchtest du wissen, was mir während des Studiums zugestoßen ist, Augusta? Möchtest du wissen, warum man mich hinausgeworfen hat? Ich habe eine Leiche verstümmelt. Ich habe eine weibliche Leiche verstümmelt. Mit einem Skalpell.«

Die Kriminalbeamten wußten nun, daß er nach der Ramsey University das Medizinstudium begonnen hatte, und sie wußten auch, daß es sich bei dem Fahrzeug um einen Krankenwagen gehandelt hatte. Zunächst gingen sie also die fünf Telefonbücher der Stadt durch und suchten die Eintragung für einen Dr. Klaus Scheiner. Aber einen Klaus Scheiner gab es in keinem der Bücher.

Nach einem Blick auf die Uhr in der Revierwache besetzten sie sämtliche Telefone und machten sich daran, jedes Krankenhaus der Stadt anzurufen. Es gab eine ganze Menge, sie mußten alle angerufen werden, denn dieser Klaus Scheiner hatte ein Medizinstudium begonnen und in der Nacht der Entführung einen Krankenwagen gefahren. Daraus ließ sich schließen, daß er bei einem der Krankenhäuser tätig war. Demnach mußte es irgendwo eine Akte über ihn geben. Und darin war sicherlich alles zu finden, was sie wünschten, nämlich seine Adresse. Wenn sie die erst einmal hatten, falls sie sie bekamen, konnten sie ihn fassen. Aber diese Adresse zu erhalten, falls sie existierte, falls er wirklich in einem der Krankenhäuser arbeitete, bedeutete eine Unmenge von Telefonanrufen. Und Telefonieren kostete Zeit.

Kling beteiligte sich nicht daran.

»Hallo«, sagte Willis in seinen Apparat, »hier spricht Detective

Willis vom 87. Revier. Wir sind auf der Suche nach . . .«

»Wir suchen einen Mann namens Klaus Scheiner«, sagte Meyer in ein anderes Telefon. »Er könnte ein . . .«

»Arzt«, sagte O'Brien, »oder vielleicht ist er . . .«

»Womöglich hat er irgendeine andere Verbindung zu einem Krankenhaus«, sagte Carella in das von ihm bediente Telefon.

»Es handelt sich um einen gewissen Scheiner«, hörte man Parkers Stimme. »Ich buchstabiere S . . . C . . .«

»H . . . E . . .«, sagte Delgado.

»I . . . N . . .«, hörte man Hawes.

»E . . . R«, ließ sich Ollie vernehmen.

Kling ging im Büro auf und ab, lauschte und beobachtete alle.

Und wartete.

Sie wich vor ihm zurück. Er ging mit dem Skalpell in der Hand auf sie los. Klaus Scheiner befand sich zwischen ihr und dem Korridor. Das Bett stand in der Mitte des Zimmers. Sie ging rückwärts darauf zu. Dann sprang sie auf die Matratze, stand mitten auf dem Bett und machte sich bereit, auf der entgegengesetzten Seite herunterzuspringen, je nachdem, von wo er angriff.

»Ich flehe dich an, das nicht zu tun«, sagte er.

Augusta gab keine Antwort. Sie beobachtete jede seiner Bewegungen und war auf dem Sprung. Sie hatte vor, das Bett als eine Wand zwischen ihn und sich zu bringen. Wenn er von der Seite an der Tür kam, also von rechts, wollte sie nach links auf den Fußboden springen. Wenn er auf das Bett kroch in dem Versuch, es auf diese Weise zu überqueren, wollte sie auf die andere Seite rennen. Fest stand für sie nur, daß sie das Bett zwischen ihn und sich halten mußte, damit es als eine Barriere diente und als –

Er stieß mit dem Skalpell nach ihr und tat so, als wolle er quer über das Bett hinweg nach ihr greifen. Sie sprang auf der anderen Seite auf den Fußboden und begriff zu spät, daß das eine Finte von ihm gewesen war. Er rannte bereits um das Bett herum. Für Augusta bestand keine Möglichkeit mehr, die Tür zu erreichen. Deshalb drängte sie sich in die Ecke, als der Mann auf sie zukam.

Niemals würde sie das Geräusch vergessen, mit dem die Tür eingetreten wurde. Unvergeßlich sollte ihr auch der rasch aufblitzende Schock des Erkennens bleiben, der in seine Augen trat, als er den Kopf rasch von ihr wegdrehte. Über seine Schulter hinweg sah sie die Vordertür, deren Riegel unter heftigen Stößen nachgab. Steve Carella platzte in das Zimmer. Hinter sich hatte er einen sehr dicken Mann und dann Bert – und das Skalpell wurde erhoben, blitzte auf sie zu.

Die Beamten hatten alle ihre Schußwaffen in der Hand. Aber der Dicke war der einzige, der feuerte. Steve und Bert standen nur da und schauten ins Zimmer. Sie sahen das Skalpell in seiner Hand, sie sahen Augusta in einem Brautkleid in die Ecke gedrückt mit dem Skalpell vor ihrem Gesicht – *ich habe eine weibliche Leiche verstümmelt* –, der dicke Mann aber erfaßte die Situation mit einem Blick. Seine Waffe zuckte hoch und zwei Schüsse explodierten kurz hintereinander.

Erst viel später wurde ihr klar, daß der Dicke der einzige war, der sie nicht liebte. Und sie nahm sich vor, niemals an Steve oder Bert die Frage zu richten, warum sie nicht sofort geschossen und warum sie es Fat Ollie Weeks überlassen hatten, zwei Kugeln in den Mann hineinzupumpen, der dabei war, ihr die Kehle aufzuschlitzen.

WEEKS: Wir haben Sie über Ihre Rechte belehrt und Sie haben erklärt, Sie hätten alles verstanden und Sie brauchten keinen Rechtsanwalt, sondern Sie wollten uns so erzählen, worum das alles ging. Also, ich möchte Ihnen darüber hinaus noch eins klarmachen, Sie Scheißkerl, und das wäre, daß Sie keineswegs in Lebensgefahr schweben. Der Arzt hat festgestellt, daß Ihre Verletzungen unbedeutend sind. Ich möchte später ein sauberes Aktenstück haben, wenn wir vor Gericht gehen. Niemand soll behaupten können, wir hätten Ihnen eingeredet, Sie stünden kurz vor dem Tod oder so was, wir hätten Ihnen ein Geständnis entlockt mit der Bemerkung, Sie wären ein sterbender Mann und mit Ihnen wäre es sowieso aus.

SCHEINER: Das ist wahr.

WEEKS: Also wird der Stenograf alles mitschreiben, was Sie uns zu gestehen haben.

SCHEINER: Was möchten Sie wissen?

WEEKS: Warum haben Sie die Dame entführt?

SCHEINER: Weil ich sie liebe.

WEEKS: Sie lieben sie, ja? Sie waren doch verdammt noch mal im Begriff, sie umzubringen, als wir –

SCHEINER: Und mich auch.

WEEKS: Sie wollten sich selbst auch umbringen?

SCHEINER: Ja.

WEEKS: Warum?

SCHEINER: Wenn sie tot ist, was hätte das Leben noch für einen Sinn?

WEEKS: Sie sind ja total verrückt, wissen Sie das? Sie waren es doch, der Augusta umbringen wollte.

SCHEINER: Um sie für das zu bestrafen, was sie getan hat.

WEEKS: Was hat sie denn getan?

SCHEINER: Sie hat ihn rangelassen.

WEEKS: Sie hat ihn rangelassen, so? Sie verrückter Kerl, Sie wissen doch, daß Sie verrückt sind? Woher wußten Sie, in welchem Hotel das Paar war?

SCHEINER: Ich folgte ihnen von der Kirche aus.

WEEKS: Waren Sie bei dem Empfang dabei?

SCHEINER: Nein, ich habe unten auf sie gewartet.

WEEKS: Und das während der ganzen Zeit, da der Empfang im Gange war?

SCHEINER: Ja, mit Ausnahme der Zeit, als ich den Krankenwagen holte.

WEEKS: Wann war das?

SCHEINER: Gegen elf Uhr war es, glaube ich. Ich fuhr das Fahrzeug in die Gasse hinter dem Hotel. Das war, nachdem ich herausgefunden hatte, wo sich der Hintereingang befand.

WEEKS: Und dann?

SCHEINER: Dann ging ich wieder zum Vordereingang, denn inzwischen hatte ich festgestellt, daß die Hintertür verschlossen war. Dort konnte ich nicht hinein. Und ich kam gerade durch die Drehtür, als ich sie vor mir stehen sah, gleich neben der Tür – er machte ein Bild von ihr und einem anderen Mann. Ich drehte mich zur

Seite und ging zur Telefonzelle hinüber.

WEEKS: Wie haben Sie herausgefunden, welches Zimmer das Paar bewohnte?

SCHEINER: Ich habe einfach das Haustelefon in der Halle benutzt und danach gefragt.

WEEKS: Seht ihr? Genau, wie ich es euch gesagt habe. Man kann in dieser Stadt in jedes Hotel gehen und einfach fragen, welches Zimmer Mr. Soundso bewohnt, und man bekommt die Nummer genannt. Sofern es sich nicht um eine Berühmtheit handelt. Wie sind Sie in das Zimmer hineingekommen, Scheiner?

SCHEINER: Ich benutzte ein Stück Plastik von einem Rollo.

WEEKS: Woher kannten Sie diesen Trick? Was sind Sie, ein Einbrecher?

SCHEINER: Nein, nein, ich bin ein Krankenwagenfahrer.

WEEKS: Woher wußten Sie das also?

SCHEINER: Ich habe Bücher gelesen.

WEEKS: Und dabei gelernt, wie man eine Tür aufbricht, wie?

SCHEINER: Ich habe daraus gelernt, wie man eine Tür öffnet, indem man den Riegel mit einem Plastikstreifen zurückschiebt.

WEEKS: Das nennt man Einbruch.

SCHEINER: Ich weiß nicht, wie es in Ihrer Fachsprache heißt.

WEEKS: Aber Sie haben sich damit ziemlich gut ausgekannt, Sie Scheißkerl. Wußten Sie nicht, daß sich in dem Zimmer ein Polizeibeamter befand? Er hätte Ihnen den Schädel herunterschießen können in dem Moment, als Sie eindrangen.

SCHEINER: Ich habe nicht damit gerechnet, daß er an seinem Hochzeitstage eine Waffe bei sich tragen würde. Außerdem war ich darauf vorbereitet.

WEEKS: Worauf?

SCHEINER: Ihn umzubringen.

WEEKS: Warum?

SCHEINER: Weil er sie mir weggenommen hat.

Kling und Augusta wurden in ein Taxi gesetzt. Die übrigen gingen in ein Lokal, um Hamburger und Kaffee zu bestellen. Fat Ollie Weeks aß sechs Hamburger. Während des Essens äußerte er nicht ein Wort. Er hatte sechs Hamburger und drei Tassen Kaffee hinter sich gebracht, ehe Meyer und Carella mit ihrer bescheideneren Mahlzeit fertig waren. Dann lehnte er sich in die roten Polster der Nische zurück, rülpste laut und sagte: »Der Kerl war total verrückt. Bestimmt hätte ich den Fall schon früher gelöst, wenn wir mit einem Verrückten gerechnet hätten. Mit solchen Leuten hat man immer seine Schwierigkeiten.« Er rülpste abermals. »Ich wette, unsere alte Augusta wird das für eine Weile nicht vergessen. Wie?«

»Das meine ich auch«, nickte Meyer.

»Ich frage mich nur, ob er ihr wirklich an die Wäsche gegangen ist«, sagte Ollie.

»Ollie«, begann Carella sehr leise. »An deiner Stelle würde ich diese Frage nicht noch einmal laut stellen. Nicht noch einmal, Ollie. Du hast mich verstanden?«

»Na sicher«, sagte Ollie.

»Nie wieder«, warnte ihn Carella.

»Ja, ja, schon gut«, meinte Ollie. »Ich glaube, ich esse noch einen Hamburger. Wie wäre es mit euch? Wollt ihr auch noch einen?«

»Hast du mich auch ganz bestimmt verstanden?« fragte Carella.

»Ja, ja«, knurrte Ollie. Er winkte die Kellnerin heran, bestellte sich noch einen Hamburger und schwieg, bis er bedient wurde. Ohne ein weiteres Wort schlang er auch diesen hinunter, wischte sich mit dem Handrücken den Mund ab und sagte aus heiterem Himmel: »Ich glaube, ich werde mich zum 87. Revier versetzen lassen. Das ist schon ein verdammt dolles Revier, was ihr hier habt. Genau das, wo ich gerne arbeiten würde.«

Carella warf Meyer einen Blick zu.

»Jawohl«, sagte Ollie.